LA REDENCIÓN
DEL MILLONARIO
Carol Marinelli

 HARLEQUIN™

Editado por Harlequin Ibérica.
Una división de HarperCollins Ibérica, S.A.
Núñez de Balboa, 56
28001 Madrid

© 2018 Carol Marinelli
© 2020 Harlequin Ibérica, una división de HarperCollins Ibérica, S.A.
La redención del millonario, n.º 2768 - 1.4.20
Título original: The Billionaire's Christmas Cinderella
Publicada originalmente por Harlequin Enterprises, Ltd.

I.S.B.N.: 978-84-1328-950-2
Depósito legal: M-3813-2020
Impreso en España por: BLACK PRINT
Fecha impresion para Argentina: 28.9.20
Distribuidor exclusivo para España: LOGISTA
Distribuidor para México: Distibuidora Intermex, S.A. de C.V.
Distribuidores para Argentina: Interior, DGP, S.A. Alvarado 2118.
Cap. Fed./Buenos Aires y Gran Buenos Aires, VACCARO HNOS.

MIXTO
Papel procedente de
fuentes responsables
FSC
www.fsc.org   FSC® C108412

Prólogo

SÉ QUE este es un momento muy difícil para la familia Devereux. Sin embargo…
—Puede que sea así, pero no tiene relevancia en esta discusión.

Abe Devereux interrumpió al jeque, algo que pocas personas habrían hecho. Estaban manteniendo una reunión a distancia entre Abe, que estaba en su deslumbrante oficina de la ciudad de Nueva York, y el jeque príncipe Khalid in Al-Kazan. No obstante, si hubieran estado reunidos en persona, Abe habría respondido de la misma manera.

La familia Devereux estaba extendiendo su imperio en Oriente Medio. Su primer hotel estaba en construcción en Dubái, y recientemente habían encontrado terreno para construir el segundo, en Al-Kazan.

Excepto que los propietarios del terreno habían añadido varios millones al precio de venta inicial, según acababa de informarle Khalid a Abe. Negarse pondría en peligro no solo el proyecto de Al-Kazan, sino que, además, los efectos colaterales serían enormes. Si los Devereux no aceptaban el precio nuevo, podía cesar la construcción del hotel de Dubái.

Abe se negaba a que abusaran de él.

Era posible que Khalid confiara en el hecho de que

era amigo personal de Ethan, el hermano pequeño de Abe.

O quizá esperaba que hubiera un momento de debilidad o distracción, teniendo en cuenta que Jobe Devereux, el jefe del imperio de Devereux, estaba gravemente enfermo.

No obstante, Abe no tendría ningún momento de distracción o debilidad.

Khalid comprendería pronto que estaba tratando con el hombre más despiadado de la familia Devereux.

Abe nunca se dejaría influenciar por lo emocional.

Nada se interpondría en un tema de negocios.

—¿De qué lado estás, Khalid? —Abe se aventuró a hacer una pregunta que no muchos se atreverían—. Se supone que estamos juntos en esta operación.

—Estoy del lado del progreso —contestó Khalid—. Y por una cantidad de dinero relativamente pequeña nos arriesgamos a estropear los avances que se han hecho.

—Si Al-Kazan no está preparado para el progreso tendremos que buscar otro lugar.

—¿Has hablado de esto con Ethan? —preguntó Khalid.

Se suponía que Ethan debía estar allí, pero no había asistido. Y casi mejor, teniendo en cuenta que era amigo del jeque.

—Ethan y yo estamos completamente de acuerdo —mintió Abe, ya que no había tenido tiempo de hablar con su hermano—. O se mantiene el precio original o buscamos en otro sitio.

—Si pudiéramos hablarlo estando Ethan presente —presionó Khalid—. Ha estado aquí hace poco y comprenderá que es delicado.

—No hay nada más que hablar.

—Si no llegamos a una solución satisfactoria, aunque sea temporal, es posible que cese la obra de Dubái.

—En ese caso —Abe se encogió de hombros—, nadie cobrará. Ahora, si me perdonas, tengo que irme.

—Por supuesto —asintió Khalid, aunque era evidente que no estaba conforme—. ¿Saludarás a tu padre de mi parte?

Nada más desconectar la llamada, Abe blasfemó en voz alta, lo que indicaba la gravedad de la situación. Si se paralizaba la obra de Dubái, aunque fuera por unos días, los efectos colaterales serían nefastos.

Abe estaba seguro de que Khalid contaba con ello.

Con un par de millones, Abe podría resolver aquello. Era calderilla y estaba seguro de que Ethan estaría dispuesto a pagar más antes de poner en riesgo el proyecto en una etapa tan temprana.

No obstante, Abe se negaba a que lo intimidaran.

Y las amenazas, aunque fueran sutiles, no le harían cambiar de opinión

Abe se levantó del escritorio y contempló la ciudad de Manhattan bajo un manto nevado. La vista era espectacular y, durante unos instantes, él se quedó contemplando East River. Apenas volvió la cabeza cuando la asistente personal de su hermano llamó a la puerta para explicarle por qué él no había asistido a la reunión.

—Ethan ha estado en el hospital con Merida desde anoche. Al parecer, se ha puesto de parto.

—Gracias.

Abe no preguntó los detalles.

Ya sabía más que suficiente.

Ethan se había casado con Merida hacía unos meses, aunque solo porque se había quedado embarazada. Abe había firmado un contrato, junto a su padre, para garantizar que la nueva señora Devereux y su criatura tendrían todo lo necesario cuando ellos se divorciaran.

Y aunque un contrato pareciera algo frío, también tenía sus cosas buenas. Abe rezaba para que a aquel bebé lo trataran mejor de lo que los habían tratado a Ethan y a él.

En aquellos momentos no podía pensar en eso.

Abe cerró los ojos ante la maravillosa vista de aquel día de diciembre.

No eran ni las nueve de la mañana y el día prometía ser largo.

El jeque Khalid lo había llevado al límite y el contrato de Oriente Medio estaba a punto del colapso.

Además, en el hospital que había a pocas calles de allí, la esposa de su hermano estaba dando a luz en una planta

Y su padre muriendo en la otra.

No.

Su padre luchaba por la vida en la otra planta.

Su madre, Elizabeth Devereux, había fallecido cuando él tenía nueve años. Ella no había sido nada maternal y Jobe tampoco había sido un padre entregado, de hecho, los niños se habían criado con un equipo de niñeras. No obstante, Abe admiraba a su padre y no estaba preparado para dejarlo marchar.

Aunque, por supuesto, no lo demostraba.

Durante un instante, Abe se planteó hablar con él sobre el asunto de Oriente Medio. Jobe Devereux era el fundador y el hombre más inteligente que Abe conocía. No obstante, Abe decidió rápidamente que no podía estresar a su padre mientras él estaba luchando por sobrevivir.

Aunque ese no era el verdadero motivo por el que Abe no se dirigía al hospital en ese mismo instante, ya que Jobe nunca había dudado a la hora de dar su opinión.

Era más que nada que Abe no había pedido ayuda en su vida.

Y no estaba dispuesto a empezar.

Antes de que pudiera continuar con su trabajo, sonó su teléfono privado y Abe vio que era su hermano.

—Es una niña —dijo Ethan, con una mezcla de cansancio y entusiasmo.

—Enhorabuena.

—¡Merida lo ha hecho fenomenal!

Abe no comentó nada al respecto.

—¿Se lo has dicho a papá?

—Voy hacia allá para decírselo —dijo Ethan.

Abe pensó en la pequeña que acababa de nacer y en cómo su padre pronto se enteraría de que había sido abuelo.

—¿Vas a venir a conocer a tu sobrina? —le preguntó Ethan.

—Por supuesto —Abe miró el reloj—. Aunque iré por la tarde.

—Naomi, una amiga de Merida, llegará a mediodía. Se supone que tenemos que ir a recogerla.

—¿Quieres que pida un chófer para ir a buscarla?

Se hizo un silencio antes de que Ethan respondiera. A ninguno de los hermanos le gustaba pedir ayuda.

—Abe, ¿hay posibilidad de que vayas tú? Es la mejor amiga de Merida.

—¿No era la niñera? —preguntó Abe. Lo sabía porque en el contrato ponía que tendrían una niñera interna.

—Naomi es las dos cosas.

—Dame sus datos —suspiró Abe, y agarró un bolígrafo.

—Naomi Hamilton —dijo Ethan, y le dio los detalles del vuelo—. Si puede venir al hospital antes de ir a casa sería estupendo.

—Muy bien —dijo Abe, y miró la hora otra vez—. Tengo que irme. Enhorabuena.

—Gracias.

Por suerte Ethan estaba demasiado abrumado como para preguntarle qué tal había ido la reunión con Khalid y, por supuesto, Abe no le ofreció ninguna información.

Se necesitaba tener la cabeza fría para tratar con aquella situación y el único Devereux que la tenía en aquellos momentos era Abe.

Llamó a su asistente personal.

—Jessica, ¿podrías buscarme un regalo para llevar esta tarde al hospital?

—¿Para su padre?

—No. Ya ha nacido el bebé.

Se oyó un grito de alegría y luego la siguiente pregunta:

—¿Qué ha tenido Merida?

—Una niña.

—¿Ya tiene nombre? ¿Sabe cuánto pesa?

—No sé nada más que eso —respondió Abe. No se le había ocurrido preguntarlo—. También necesito que busques a un conductor que haga un trayecto desde el aeropuerto JFK al hospital —le dijo los detalles del vuelo—. Llega al mediodía y se llama Naomi Hamilton.

A pesar de que su hermano se lo había pedido, Abe no pensaba hacer de chófer.

Tenía que asistir a la primera reunión mensual de la junta directiva. Antes, se reuniría con Maurice el encargado de relaciones públicas, para hablar sobre el Devereux Christmas Eve Charity Ball, un baile benéfico que se celebraba cada año.

Era uno de los platos fuertes del calendario de eventos, pero por primera vez, Jobe Devereux no asistiría.

En la agenda de la mañana figuraba organizar los planes de contingencia en caso de que Jobe falleciera cerca de esa fecha.

Algo no muy agradable, pero necesario, teniendo en cuenta que la gente viajaba desde muy lejos y pagaba grandes cantidades de dinero para asistir.

Había que dejar las emociones a un lado ante la posibilidad de aquel desagradable escenario y a Abe eso se le daba muy bien.

Abe solía ser considerado un hombre frío.

Y no solo en el salón de juntas. Su reputación con las mujeres era devastadora, aunque durante los últimos años se había tranquilizado. Su frialdad también se extendía a la familia.

Había dejado de confiar en otros hacia los cuatro años, cuidando de su hermano y haciendo todo lo posible para que él no sufriera.

Abe mantenía a raya sus emociones.

Sin embargo, curiosamente, aquella mañana le estaba costando conseguirlo.

Su horario siempre era desalentador, pero a él le gustaba la presión y la manejaba con facilidad. No obstante, era como si aquella mañana no le funcionara el piloto automático.

La noticia del bebé había hecho un agujero en la muralla que solía erigir entre los demás y él.

Se presionó con fuerza el puente de la nariz y respiró hondo. Olvidándose de todo lo demás, continuaría defendiendo el fuerte de los Devereux.

Alguien tenía que hacerlo.

Capítulo 1

UNA NAVIDAD en Nueva York.

Naomi sonrió mientras la pasajera de al lado le hablaba sobre lo mágica que era la ciudad en esas fechas.

—No hay nada mejor.

—Estoy segura de que no —convino Naomi.

Era lo más sencillo.

En realidad, ella no les daba mucha importancia a esas fechas. Por supuesto, trataba de que todo fuera bien para la familia con la que estuviera, pero solo era un día más para Naomi.

O no. Era un día muy solitario para Naomi. Siempre lo había sido y no le cabía duda de que siempre lo sería.

No obstante, no estaba dispuesta a aburrir a la mujer del asiento de al lado con eso.

Se habían llevado bien. Ninguna se había dormido durante el vuelo y habían terminado charlando como si fueran viejas amigas. Aun así, hay cosas que ni siquiera las viejas amigas necesitaban saber.

Naomi había nacido el día de Nochebuena y, por lo que sabía, las primeras semanas las había pasado en la planta de maternidad antes de ir al primer centro de acogida.

Se había convertido en niñera especializada en recién nacidos y su trabajo era cuidar de la madre y del bebé durante ese precioso periodo antes de que otra niñera se ocupara de la criatura.

Ella no formaba parte de la familia, así que, el día de Navidad su papel era conseguir que ese día fuera lo más relajado posible para la madre. Y Naomi solía cenar sola en su habitación.

No obstante, ese año sería diferente, ya que estaría cuidando del bebé de su mejor amiga.

Merida, una actriz, había ido a la ciudad de Nueva York con la idea de trabajar en Broadway, donde había conseguido un papel en una producción llamada *Night Forest*.

Ni siquiera había llegado al estreno. Se había quedado embarazada de Ethan Devereux y, se había despedido de su carrera como actriz, tras establecer con él un matrimonio de conveniencia.

Desafortunadamente, Merida estaba enamorada de su marido.

Naomi había dudado antes de aceptar el trabajo.

Ethan y Merida habían insistido en pagarle y, aunque probablemente solo intentaban ser amables, para Naomi habría sido más fácil que le hubieran pedido que se quedara como amiga.

No obstante, puesto que ella estaba preocupada por Merida, había decidido aceptar el puesto.

Cuando se disponían a aterrizar, Naomi miró por la ventana mojada. Al ver el cielo de la ciudad entre las nubes se estremeció. Estaba allí. Y para alguien que nunca había salido de Reino Unido era un momento emocionante.

Naomi sacó su neceser para comprobar su aspecto en el espejo. Tenía muchas ganas de ver a Merida, pero tenía cara de cansada. Su melena oscura y rizada estaba lacia y tenía ojeras bajo sus ojos azules. Su tez pálida se había vuelto completamente blanca.

«Durmiendo se me pasaría», se dijo.

Naomi estaba dispuesta a pasar todo el día despierta para combatir el *jet lag*.

Una vez fuera del avión se dirigió a recoger las maletas con una sonrisa. Al pasar por la aduana, se puso un poco nerviosa cuando le preguntaron si había ido allí para trabajar.

—¿De niñera? —le preguntó el agente, antes de abrir la carpeta donde Naomi llevaba todos los papeles necesarios—. ¿Para la familia Devereux?

—Sí, ahí hay una carta del señor Ethan Devereux y si hubiera algún problema…

—No hay ningún problema.

Le sellaron el pasaporte y permitieron que continuara por su camino.

El personal de tierra se mostraba animado y se soplaba las manos para calentárselas mientras le comentaban que hacía mucho frío.

—Señorita, necesitará un abrigo —le dijo un chico mientras esperaba las maletas.

—¡Voy a comprarme uno! —contestó Naomi—. Iré directa a las tiendas.

Unos días antes se había dejado el abrigo en un tren y había decidido esperar a comprarse otro en la mejor ciudad del mundo para comprar. Nomi había decidido que su primera parada sería en los grandes almacenes más famosos de Nueva York.

Por el momento tendría que apañarse con la chaqueta ligera que llevaba y una bufanda gruesa con la que se cubriría el cabello antes de salir.

Naomi tenía mucho equipaje. Dos maletas y su bolsa de mano y era como si llevara todo su mundo en ellas.

Vivía allí donde el trabajo la llevaba. Y entre trabajo y trabajo, intentaba tomarse unas pequeñas vacaciones, pero Naomi no tenía una casa como tal. Durante dos años había compartido un apartamento con Merida, y después había vivido con las familias a las que cuidaba. Por lo general, llegaba dos semanas antes de la fecha prevista de parto y se quedaba entre seis y ocho semanas después de que naciera el bebé.

Y ya estaba cansada de ello. No del trabajo, sino de vivir llevando maletas.

Al llegar a la sala de llegadas Naomi miró entre la multitud buscando a Merida. Normalmente era muy fácil reconocerla por su inconfundible cabello pelirrojo, aunque como hacía tanto frío igual llevaba un gorro. También era posible que no hubiera ido al aeropuerto, ya que la fecha de parto prevista era el catorce de diciembre. Mientras manejaba el carro de las maletas, Nomi vio que un hombre sujetaba un cartel con su nombre.

—Yo soy Naomi Hamilton —le dijo.

—¿Quién la espera? —preguntó el hombre.

Naomi se dio cuenta de que estaba comprobando su identidad por seguridad.

—Merida Devereux.

—Entonces, acompáñeme —sonrió el hombre—. Deje que la ayude —agarró el carro—. ¿Dónde está su abrigo?

Naomi le contó que pensaba irse a comprar uno mientras caminaban hasta el coche. Hacía un frío terrible.

—Suba —le dijo él nada más llegar al vehículo.

Naomi obedeció y esperó a que el hombre guardara el equipaje en el maletero.

—¿Vamos hacia la casa? —preguntó Naomi cuando arrancaron.

—No. Voy a llevarla al hospital. No sé mucho más.

¡Qué emocionante!

Naomi era consciente de que las siguientes semanas no iban a ser fáciles. Merida estaba enamorada de Ethan. Él solo se había casado con ella para darle su apellido a la criatura, y pensaba divorciarse un año después. Naomi estaba preocupada por Merida. Además, el patriarca de la familia, Jobe Devereux, estaba gravemente enfermo.

Los Devereux eran una familia muy poderosa y en la prensa de Inglaterra habían hablado del delicado estado de salud de Jobe.

Naomi deseaba que aquellas primeras semanas fueran lo más tranquilas posibles para la madre y el bebé, y haría todo lo posible para conseguirlo.

La temperatura del coche era cálida y Naomi apoyó la cabeza contra la ventana y cerró los ojos. Puesto que había tenido que ir muy temprano al aeropuerto de Heathrow, no había dormido la noche anterior y tampoco en el avión, así que se quedó dormida.

–Señorita…

Naomi abrió los ojos sobresaltada y tardó unos segundos en darse cuenta de dónde estaba.

–Hemos llegado al hospital –le dijo el conductor.

La zona privada era muy acogedora y enseguida encontró la habitación de Merida.

–¡Naomi! –Merida estaba sentada en la cama, con aspecto cansado pero feliz.

–¡Merida! ¿Cómo te encuentras?

–Estoy muy contenta. Hemos tenido una niña.

Ethan estaba sujetando a la criatura.

–Siento no haber podido ir a recogerte –le dijo, y le dio un beso en la mejilla.

–Bueno, estabas muy ocupado –sonrió Naomi.

– ¿Abe está contigo? –preguntó él.

– ¿Abe?

Naomi frunció el ceño un segundo y recordó que Abe era el hermano mayor de la familia Devereux.

–No. Me ha traído un chófer. Creo que se llama Bernard –se fijó en el bebé–. ¡Es preciosa!

Naomi veía muchos bebés recién nacidos en su trabajo y todos era preciosos, pero aquella niña era la más preciosa de todas. Puesto que no tenía familia, Merida y su hija eran lo más cercano a una familia que había conocido.

Cuando Ethan le entregó a la pequeña, los ojos se le llenaron de lágrimas.

–¿Ya tiene nombre?

–Ava –dijo Merida–. Acabamos de decidirlo.

–Le queda bien. Es maravillosa.

La pequeña Ava tenía el pelo negro como su padre y unos grandes ojos de color azul oscuro.

–¿Qué tal el parto?

–Estupendo.

Ethan salió a hacer un par de llamadas y Merida le contó los detalles.

–Ethan ha estado a mi lado todo el tiempo. Naomi, ahora estamos bien –dijo Merida, con un brillo en la mirada–. Ethan me ha dicho que me quiere y que vamos a hacer que lo nuestro funcione.

Naomi pensaba que todo era debido a la emoción del parto, pero por supuesto, no dijo nada.

–¿Cuánto tiempo crees que vas a estar ingresada? –preguntó Naomi.

–Un par de días. Me da mucha pena que tengas que arreglártelas sola.

–Estoy segura de que puedo hacerlo. Me marcharé pronto a dormir un rato y mañana iré a hacer algo de turismo y a comprarme un abrigo decente.

–No puedo creer que estés aquí –sonrió Merida–. Naomi, tengo muchas cosas que contarte.

No obstante, tendría que esperar.

Ethan regresó en ese momento y, poco después, apareció Jobe, el abuelo de la pequeña Ava. Iba en silla de ruedas y acompañado por una enfermera. Luego llegó el fotógrafo profesional para sacar fotos a la familia.

Era evidente que Jobe estaba muy enfermo, pero se había negado a que le llevaran al bebé a la habitación para que la conociera.

Mientras el fotógrafo sacaba las fotos, Naomi colocó a la pequeña Ava entre los brazos de su abuelo y se aseguró de retirársela al notarlo cansado.

–Gracias –dijo Jobe–. ¿Eres amiga de Merida?

–Sí –confirmó Naomi–. Y también seré la niñera de la pequeña Ava durante las próximas semanas.

–Bueno, las amigas de Merida son amigas de la familia. Me alegro de tenerte aquí, Naomi.

Ella pensaba que se iba a sentir intimidada por aquel hombre poderoso, sin embargo, él la hizo sentir bienvenida e integrada. Estaba acostumbrada a ser la niñera y a quedarse en segundo plano, pero ese día, ¡le sacaron una foto con la recién nacida!

–¿Ha venido Abe? –preguntó Jobe, mientras Naomi sostenía a Ava en brazos.

–Todavía no –dijo Ethan, y Naomi percibió cierto tono en su voz–. Le pedí que fuera en persona a recoger a Naomi, pero ha enviado a un chófer.

–Bueno, estará ocupado –sugirió Jobe.

Ava se había quedado dormida y Merida parecía cansada, así que Naomi decidió que había llegado el momento de irse.

–Voy a marcharme –dijo, y le dio un abrazo y un

beso a Merida–. Empiezo a notar el efecto del *jet lag* y quiero estar recuperada cuando lleves a tu pequeña a casa.

–De momento nos estamos quedando en la casa de mi padre –explicó Ethan–. Hasta que nos hagan unas reformas.

–Me lo ha contado Merida –contestó Naomi–. No hay problema.

La casa de Jobe era una enorme mansión de piedra en la Quinta Avenida y con vistas a Central Park. Naomi tuvo que pellizcarse para creerse que de verdad estaba allí. Gracias a su trabajo había estado en residencias espectaculares, pero en ninguna como aquella.

Se abrió la puerta y un hombre la hizo pasar.

Enseguida se acercó una mujer mayor a recibirla con una sonrisa.

–¡Naomi! Soy Barb, la encargada del servicio doméstico.

–Un placer conocerte, Barb.

La casa era todavía más impresionante por dentro.

El gran recibidor con suelo de mármol y arcadas era espectacular, igual que la escalera curva. No obstante, el aroma a pino que percibió Naomi hacía que todo resultara menos intimidante.

En una esquina había un árbol de Navidad y era el más grande que ella había visto nunca.

El árbol no estaba decorado.

–Estábamos esperando a ver si era niño o niña –le explicó Barb–. ¿Has visto alguna vez un árbol decorado de rosa?

–No –se rio Naomi.

—Pues pronto lo verás —dijo Barb—. ¿Has visto al bebé?

—Sí, es preciosa. Tiene mucho pelo de color negro.

—Oh, qué bonito.

Naomi no le dijo el nombre ni le enseñó las fotos que había sacado con su teléfono, ya que no estaba segura de si era apropiado. Barb tampoco preguntó nada. Estaba demasiado ocupada charlando.

—Es estupendo que hayas llegado justo hoy. Estábamos celebrando que ya ha nacido —añadió—. Te enseñaré la casa.

—Eso puede esperar —Naomi negó con la cabeza—. Lo que necesito es un baño y una cama. Enséñame dónde voy a dormir y así podrás seguir celebrando la llegada del bebé. También sería estupendo que me enseñaras cómo funciona la alarma. No quiero que salte si me despierto por la noche.

Barb se lo enseñó y, mientras subían por la escalera, Naomi le contó que una vez, durante su primera noche en un trabajo, había tenido que llamar a una ambulancia para atender a la madre.

—Al dejar entrar a los médicos saltó la alarma de la casa y fue más caótico todavía.

—Te debiste llevar un buen susto —dijo Barb, y añadió—. Mira, no vayas hacia la izquierda o terminarás en los aposentos de Abe.

—¿Él vive aquí? —preguntó Naomi sorprendida.

—No, vive a media hora de aquí, pero si viene a ver a su padre por la noche, a veces se queda en casa —se rio—. Bueno, en la casa familiar. Esta es tu habitación.

Barb abrió una puerta y le mostró una especie de. apartamento con un salón, un baño, un dormitorio y una cocina pequeña.

—Por supuesto, el bebé tiene su propia habitación

—dijo Barb, abriendo una puerta para mostrársela. No era la principal, sino era la habitación que utilizaría las noches que la niñera se quedara con la criatura.

Merida ya le había dejado claro que su intención era tener a la pequeña con ella, pero aquello le daba a Naomi una idea acerca de cómo funcionaban las cosas en la casa de la familia Devereux.

—He de decir que nunca imaginé que vería el día en que volvería a haber una niñera en esta casa —admitió Barb—. Me llevaba muy bien con la última.

—¿Hace cuánto tiempo fue eso?

—Veamos, Abe debe tener casi treinta y cinco años y Ethan treinta. Tuvieron niñeras hasta que se marcharon al colegio interno, así que, la última que tuvo Ethan debió ser hace veinte años. Tenían un trabajo duro.

—¿Los niños eran muy revoltosos? —preguntó Naomi, pero Barb cambió de tema.

—Merida ha dejado muy claro que además de la niñera eres una invitada, así que, usarás la entrada principal. También tienes libertad para usar los servicios del chófer y para moverte por toda la casa. Aun así, quizá agradezcas tener tu propio espacio.

Naomi asintió.

Suponía que Barb había dejado de hablar con tanta libertad al recordar que Naomi no solo era una empleada, sino también una invitada.

—Te subiré algo de cena, o también puedes acompañarnos. Vamos a tomar algo de picar…

—No te preocupes por la cena —Naomi negó con la cabeza—. He comido en el avión. Lo único que deseo es darme un baño y acostarme.

—Bueno, pues asegúrate de decírmelo si te despiertas con hambre.

–Si me despierto, iré a buscar algo –dijo Naomi.

Estaba muy acostumbrada a estar en sitios nuevos.

–Ve a celebrarlo y no te preocupes por mí.

Una vez que Barb se marchó, Naomi exploró un poco. Su habitación era preciosa y ella estaba deseando meterse en la cama. No obstante, primero deshizo las maletas y se dio un largo baño. Su intención había sido darse un baño corto, pero se quedó adormilada en el agua. Estaba muy cansada, así que, al salir se puso el pijama y se metió en la cama. No obstante, el sueño se hizo de rogar y permaneció tumbada pensando.

Una niña.

Ava.

Se alegraba mucho por Merida, pero, a pesar de que su amiga le aseguraba que todo iba bien, Naomi sabía que Ethan podía no cumplir sus promesas y que, quizá, se había dejado llevar por el entusiasmo del nacimiento.

Era cierto que parecía contento, pero los Devereux no eran exactamente famosos por su devoción por los votos de matrimonio.

A Naomi también le preocupaba lo que se avecinaba, ya que después de ver a Jobe, era evidente que el hombre estaba cerca del final.

Sin duda iba a ser una época emotiva y Naomi se alegraba de estar allí, junto a su amiga.

La fecha de parto prevista era para dos semanas después, así que Naomi se había imaginado que tendría tiempo de recuperarse del *jet lag* y del último trabajo que había tenido. Habitualmente solía dejarse más tiempo entre trabajos, pero había hecho una excepción por Merida.

En realidad, ayudar a Merida no lo consideraba un trabajo, pero ellos habían insistido en pagarle.

Había pensado en conocer la zona y hacer un poco de turismo al principio de su estancia, pero con la llegada de Ava, todo había cambiado.

Al día siguiente revisaría la habitación del bebé y comprobaría si faltaba algo. Después, llamaría al hospital y se iría a hacer turismo. Aunque antes, necesitaría comprarse un abrigo.

Se quedó dormida pensando en ello y despertó tiempo más tarde, con la característica inquietud que experimentaba los primeros días que estaba en una casa nueva.

Había un intenso silencio.

Pronto se despertaría sabiendo dónde se encontraba y reconociendo las sombras de las paredes, pero por el momento, todo le resultaba desconocido.

Además, tenía hambre.

Normalmente tenía algo de comida de emergencia para esas situaciones, pero no llevaba nada en su equipaje.

Se levantó y se cubrió con su batín antes de abrir las cortinas. Entonces, comprendió la razón del intenso silencio. Había un gran manto de nieve y seguía nevando sin parar.

A pesar de que en la casa hacía calor, la imagen la hizo estremecer y se cerró el batín un poco mejor.

Era casi medianoche y Naomi decidió que lo que más le apetecía del mundo era una gran pizza pepperoni. Encargó una a domicilio y quince minutos más tarde, su pizza estaba de camino.

Bajó por las escaleras y, justo cuando se disponía a desconectar la alarma, se abrió la puerta principal y entró un hombre con un abrigo oscuro.

Naomi sintió que una ola de aire frío entraba en la casa, mezclada con un cálido brillo.

Aquel hombre era demasiado atractivo para ser mortal.

Era mucho más.

Era un poco más alto que Ethan y llevaba el cabello negro un poco más largo. Su aspecto también era más huraño y la miraba con sus ojos negros entornados.

Además, a Naomi le parecía mucho más sexy.

Mucho más.

Notó que se le aceleraba el corazón y se avergonzó porque ella iba en batín y tenía el cabello alborotado, mientras que él iba bien peinado y era el hombre más atractivo que había visto nunca.

–Ya me parecía que no –dijo Naomi, a modo de saludo.

Y Abe frunció el ceño porque no solo no tenía ni idea de lo que quería decir, sino que tampoco sabía quién era aquella bella mujer de cabello oscuro y con batín.

Entonces, ella pasó a su lado y él la observó mientras recogía la caja de pizza y comprendió el motivo de su extraño saludo.

No, evidentemente, ¡Abe Devereux no era el repartidor de pizza!

Capítulo 2

ME LLAMO Naomi —se presentó ella mientras cerraba la puerta—. La amiga de Merida y la niñera del bebé.

—Abe —dijo él. No estaba de humor para dar conversación.

Ella insistió.

—¿Ya la conoce? —preguntó Naomi—. Me refiero al bebé.

—Sí.

Él no dijo nada más. Abe Devereux no compartía sus pensamientos o sus opiniones. Nada de: ¡no puedo creer que ya sea tío!

Naomi comprendió que no quisiera hablar.

No le ofendía. Estaba muy acostumbrada a ser una empleada.

Él se quitó el abrigo de lana gris y se quedó con una camisa blanca que resaltaba su figura.

Abe miró a su alrededor, como si esperara que alguien apareciera a recogerle el abrigo. Por supuesto, Naomi tampoco hizo ademán de recogerlo. Quizá fuera una empleada, pero era la niñera de Ava, y no la doncella de aquel hombre.

Él dejó el abrigo sobre una silla mientras Naomi abría la caja de pizza y miraba el contenido.

—Buenas noches… Y ¿cómo de grande es esto? —preguntó Naomi.

La pizza era enorme.

Y olía de maravilla.

Entonces, recordó que no solo era la niñera sino también la amiga de Merida y decidió insistir en la conversación.

—¿Le apetece un poco? —le ofreció, pero Abe ni siquiera se molestó en contestar, así que, ella se dirigió al piso de arriba.

En las paredes había muchas fotos de la familia Devereux. Los hermanos de bebés, y de niños. Su madre, que había fallecido. Naomi se preguntaba si la echarían de menos en un día así.

Sí, Naomi a menudo se preguntaba cosas así, sobre todo porque no tenía familia propia.

Entonces, oyó su voz.

—Me gustaría.

Ella se volvió, sin saber muy bien a qué se refería. ¿Abe Devereux quería compartir su cena o solo quería decirle que le gustaría que las empleadas no pasearan de noche por la casa?

—Un poco de pizza suena bien —confirmó Abe.

Él mismo se sorprendió de haber aceptado la oferta. Además, Abe no solía comer pizza. Y tampoco estaba acostumbrado a que se la ofreciera una mujer con un pijama rosa y un batín.

Acababa de llegar del hospital, después de haber pasado media noche con su padre. Antes había pasado por la planta de maternidad para visitar a su hermano y a su esposa.

Jobe había hecho todo lo posible por mantenerse con vida hasta que naciera el bebé y poder conocerlo, y Abe tenía la terrible sensación de que después se dejaría morir.

Había permanecido allí sentado, observando a su

padre dormir mientras la nieve caía en el exterior, y aunque en el hospital hacía calor, él se había sentido helado.

No estaban muy unidos, pero Abe admiraba a su padre más que a nadie en el mundo.

Ethan había crecido sin saber lo cruel que había sido su madre.

Abe, que era cuatro años mayor que su hermano, sí lo había sabido.

Elizabeth Devereux falleció de repente cuando él tenía nueve años, pero todos esos años después Abe penaba por su padre.

Aunque no lo demostrara.

Hacía mucho tiempo que Abe había blindado su corazón y, en lugar de ocultar sus sentimientos, simplemente no los experimentaba.

Sin embargo, aquella noche no había tenido elección.

—¿Cómo no has contado conmigo, Abe? —le había preguntado su padre.

—Pronto se solucionará —le había dicho Abe—. Khalid solo está fingiendo.

—No hablo de Khalid —había dicho Jobe, cerrando los ojos y cediendo ante los efectos de la medicación.

Entonces, ¿dónde quedaba la paz? A pesar de las buenas noticias del día y de que Jobe había conseguido conocer a su nieta, todavía había tensión en su rostro mientras dormía.

Durante un instante pareció que su padre había cesado de respirar y Abe llamó urgentemente a la enfermera.

Le dijeron que era normal que con la morfina se ralentizara la respiración y que, además, al final de la vida el cuerpo funcionaba con más lentitud.

Su padre se estaba muriendo. Daba igual que se lo dijeran con delicadeza.

Lo sabía desde hacía meses, pero fue entonces cuando lo asimiló. Abe había visto lo que estaba por llegar y, en lugar de hacer lo que el instinto le decía, y despertar a su padre para decirle que no se muriera, se contuvo y salió a la noche nevada.

Había enviado al chófer a casa hacía horas, así que, permaneció mirando cómo caía la nieve del cielo durante unos instantes.

En lugar de llamar a un taxi, cruzó la calle y se dirigió a Central Park.

Una vez allí limpió la nieve de un banco y se sentó.

Aquel había sido el parque de su infancia, aunque él no solía jugar.

En las ocasiones que su madre los había llevado sin una niñera, había sido él el que había cuidado de Ethan, y el que se había asegurado de que no se acercara demasiado al agua.

Y ese habría sido un buen día.

El parque cerraba a la una, así que Abe se levantó para marcharse.

Tenía la posibilidad de recurrir al bálsamo del sexo, pero ese día ni siquiera estaba de humor para tener que mantener una pequeña conversación con sus amantes.

Así que se dirigió a la residencia de su padre, que estaba más cerca del hospital que su casa de Greenwich Village y decidió que dormiría allí esa noche.

Por si acaso.

Y en aquellos momentos, por motivos que no quería analizar, la conversación era bienvenida.

Incluso necesaria.

Entró en el estudio y, Naomi, la amiga de Merida, lo

siguió. Mientras él encendía la chimenea, ella se sentó en el sofá de color azul claro. Abe miró su teléfono.

Por si acaso.

—No para de nevar —dijo él—. Se me ocurrió que sería mejor que me quedara cerca del hospital esta noche.

—¿Cómo está tu padre?

—El día de hoy le ha consumido mucho. ¿Eres enfermera? —le preguntó, porque no tenía ni idea de cuáles eran los requisitos para ser niñera.

—No —dijo Naomi—. Me hubiera gustado ser enfermera pediátrica, pero no pudo ser.

—¿Por qué no?

—No me iba muy bien en la escuela.

Naomi abrió la caja y cortó un pedazo de pizza.

—¿Cómo se come esto? —preguntó cuando trató de metérsela en la boca y se le cayó la parte de arriba.

—Así no —dijo él, y le mostró cómo doblar el triángulo.

—No he comido pizza de una caja desde hace años —dijo Abe, mientras agarraba otro pedazo—. O décadas. Cuando éramos pequeños, Jobe solía llevarnos a Ethan y a mí a Brooklyn. Nos sentábamos en el muelle... —se calló unos instantes y agradeció que ella no lo interrumpiera para poder rememorarlo mientras comían—. Esta pizza está muy buena —comentó.

—Mejor que buena, está increíble.

Él sirvió dos copas de la bebida de un decantador.

—¿Coñac? —le ofreció.

Ella nunca lo había probado, así que, teniendo en cuenta que no estaba trabajando, aceptó la copa.

—Guau —comentó al sentir que el líquido le quemaba la garganta—. No creo que me cueste mucho dormir después de esto.

–Esa es la idea –dijo Abe–. Te aseguro que mi padre tiene algo bueno en ese frasco.

–¿Qué te ha parecido el bebé? –preguntó Naomi, cuando él se sentó en el suelo y se apoyó en el sofá.

–Llora muy alto –dijo Abe, y ella se rio.

–Es preciosa. ¿Qué le vas a llevar de regalo?

–Ya lo he hecho –Abe bostezó antes de continuar–. Mi asistente personal se ocupó de ello y le compró un osito de plata.

–Yo compré todo antes de venir aquí –dijo Naomi–, aunque ahora que sé que es una niña estoy segura de que le compraré algo más. ¿Estás emocionado por ser tío?

Él la miró, sorprendido por su pregunta.

Abe no había pensado mucho acerca de ser tío. Desde que había oído que su hermano había dejado embarazada a Merida solo había pensado en legalidades para asegurarse de que el bebé tuviera la nacionalidad norteamericana y de que Merida no pudiera tocar la fortuna de los Devereux más allá de lo que le correspondía al bebé.

No obstante, en los últimos tiempos Merida se parecía cada vez menos a la mujer que Abe había pensado que era.

De hecho, Ethan parecía contento.

Aunque, por supuesto, no lo decía.

No obstante, si uno iba a comer pizza junto al fuego durante una noche nevada de diciembre, estaba bien mantener una pequeña conversación, así que le hizo una pregunta.

–¿Y tú tienes sobrinos o sobrinas?

–No –Naomi negó con la cabeza y suspiró–. No se me ocurriría nada mejor que convertirme en tía.

–¿Y tienes hermanos o hermanas que te puedan dar sobrinos?

Ella negó con la cabeza.

—¿Eres hija única? —preguntó, y observó que por primera vez recuperaba el color de sus mejillas.

—No tengo nada de familia.

Él se fijó en que le temblaban los dedos al dejar la corteza de la pizza.

—¿Nada?

—A Merida la considero familia —admitió ella—, pero no.

Merida y ella estaban muy unidas, pero Naomi sabía que solo eran buenas amigas. Merida era más importante para Naomi que viceversa.

Merida tenía padres, aunque fueran terribles, un hermanastro y una hermanastra, primos y abuelos.

Naomi tenía…

A Merida.

Su madre biológica no había querido saber nada de ella y Naomi no tenía ni idea acerca de quién era su padre. Durante la adolescencia, había tenido una madre de acogida maravillosa, pero se había jubilado en España. Aun así, todavía mantenían el contacto por escrito. También había una familia de acogida que todavía le enviaba una tarjeta por Navidad.

Y por supuesto, tenía muchas amistades que había hecho a lo largo de la vida, pero no tenía familia.

Nada de familia.

—Mi madre me dio en adopción —dijo Naomi—, pero nadie me adoptó.

Se puso tensa y esperó el inevitable «¿por qué?», que solían hacerle los extraños.

Y eso hacía que se sintiera peor.

Había millones de familias que querían bebés.

O «¿tus abuelos no te querían?».

Era muy duro explicar que, no, que su madre no

había cedido sus derechos durante años, y Naomi había tenido que entrar en el sistema de acogida. Y que no, que sus abuelos no habían querido solventar los problemas de su hija.

¿Y madre e hija no se habían vuelto a reunir?

A los dieciocho años, Naomi lo había intentado, pero su madre se había vuelto a casar y no quería recordar su rebelde pasado.

Afortunadamente, Abe no preguntó.

La miró un instante y frunció el ceño. Pensó en su familia y en las peleas que tenían a veces. Incluso pensó en su madre y, aunque no tuviera recuerdos cálidos, era parte de su historia.

No podía imaginarse no tener a nadie.

Sin embargo, no dijo nada.

Y ella parecía muy agradecida por ello.

Él la observó mientras ella trataba de ignorar sus pensamientos y sonrió.

—¿Y qué tipo de tío te gustaría ser? —preguntó Naomi.

Teniendo en cuenta lo que ella le había contado, decidió contarle la verdad.

—No lo he pensado mucho —le dijo—. No lo sé —admitió—. No puedo imaginar que ella quiera que yo… Me gustaría ser —¿a quién le importaba qué tipo de tío me gustaría ser?

Esa mujer había hecho que él se lo planteara.

Abe miró el fuego y escuchó el chisporroteo. Quizá estuviera sensible. Pronto sería el funeral de su padre, pero aquella noche fría de diciembre, el miembro más distante y reservado de la familia Devereux hizo una pausa y pensó en el tío que le gustaría ser.

—Podría llevarla a tomar pizza de vez en cuando.

—¿Y enseñarle cómo comerla?

—Sí —convino él—. No se me ocurre nada más.

–Es suficiente –sonrió Naomi y cuando él partió otro trozo, se sentó en el suelo a su lado para recogerlo.

–Entonces, ¿tú vas a cuidar de Ava?

–Por un tiempo –dijo, y al ver que él fruncía el ceño añadió–. Soy una niñera de recién nacidos.

–¿Qué significa eso?

–Suelo quedarme de seis a ocho semanas con una familia antes de que llegue la niñera permanente. Intento dejarme cuatro semanas entre trabajos, pero nunca sale bien del todo. Como sabemos, a veces los bebés se adelantan.

–Entonces, ¿entre trabajo y trabajo te vas a casa?

–No. Suelo irme de vacaciones. A veces, si tengo bastante tiempo me quedo cuidando la casa de alguien.

–¿Y cuál es tu casa?

–Donde esté el siguiente trabajo.

–Así que, eres una niñera itinerante.

–Supongo –eso la hizo reír. Nunca había pensado en describirlo de esa manera–. Sí.

–¿Y solo cuidas a los recién nacidos?

Ella asintió.

–Parece un trabajo duro.

–Lo es –convino Naomi–, pero me encanta.

O le encantaba.

Por supuesto, Naomi no comentó nada de eso. No le dijo que estaba cansada como nunca antes había estado. No solo por la falta de sueño, sino por tener ese estilo de vida tan movido.

Quedaba un pedazo de pizza y ambos estiraron el brazo para agarrarlo al mismo tiempo.

–Adelante, –dijo Abe

–No, la compartiremos.

Y cuando él la partió y uno de los pedazos quedó más grande que el otro, él partió un trozo del pedazo más grande y dijo:

—Ahora es más justo.

—Hmm.

Ella estaba tan llena que no debía importarle, pero nunca había probado algo tan delicioso. ¿O era la chimenea y la compañía lo que hacía que todo fuera tan agradable?

—¿Alguna vez has tenido algún lío con los padres?

—Cielos, no —se rio Naomi—. Me visto así para ir a trabajar. No creo que las madres tengan de qué preocuparse.

Él no estaba de acuerdo. A pesar de que iba modestamente vestida, su sensualidad era evidente. No solo eran sus curvas, sus labios carnosos o su cabello oscuro, sino algo más sutil. Cosas pequeñas, como la manera en que se cubría con su albornoz y en cómo cerraba los ojos después de cada sorbo de coñac, o cómo se había lamido los labios nada más ver la pizza.

Sin embargo, las madres no tenían de qué preocuparse.

Era muy amable.

Y respetuosa.

El tipo de mujer al que le confiarías tu bebé.

Y para Abe, ella había hecho que aquella noche infernal fuera mucho mejor.

—¿A veces te piden que te quedes? —preguntó Abe.

—Todo el tiempo —asintió Naomi y se tomó el último bocado de pizza.

Él esperó a que tragara antes de hacerle otra pregunta.

—¿Y a veces te lo planteas?

–Nunca.

–¿Nunca?

–Nunca, nunca.

–¿Por qué no?

Ella miró el fuego y se planteó cómo contestarle. Naomi nunca les contaba a las familias el verdadero motivo por el que rechazaba la oferta.

Nunca se planteaba quedarse. De hecho, en los términos del contrato se especificaba que debían tener asignada una niñera permanente antes de que Naomi comenzara su trabajo. Y que, en el caso de que fallase, ella no extendería su contrato y tendrían que recurrir a una agencia.

Daba igual lo maravillosa que fuera su familia.

De hecho, ese era el motivo.

–¿Por qué no te quedas en un sitio? –preguntó él, anhelando saber más cosas sobre ella.

–Supongo que porque nunca he estado mucho tiempo en un mismo lugar. Imagino que hacemos lo que estamos acostumbrados a hacer.

Él negó con la cabeza. No se lo creía.

–¿Por qué?

Abe no era de esos hombres que se sentaban a hablar junto al fuego, pero ella lo hacía sentirse muy cómodo, hacía que el lugar pareciera un hogar, a pesar de que hubiera decidido no tener uno propio.

–¿Quieres saber por qué? –ella lo miró a los ojos.

–Sí.

–Porque me encariñaría mucho con la familia –dijo Naomi–. Y algún día tendría que marcharme.

La mirada de sus ojos azules parecía sincera, y no había rastro de lágrimas, lo que significaba que ella era consciente de ello desde hacía tiempo.

Naomi había conseguido retorcerle el corazón de

una manera que nadie había hecho, y eso que mucha gente lo había intentado.

Abe ni siquiera sabía que tenía ese corazón.

Él deseaba acariciarla.

Era algo instintivo.

Y deseaba alejar su sentimiento de soledad.

Abe se fijó en sus labios, brillantes por la comida que habían compartido y se preguntaba cómo serían sus besos de pepperoni, allí frente al fuego.

No lo haría.

No solo porque tenía conciencia.

No, no haría ningún movimiento porque había algo extraño en aquella noche.

Algo que no quería estropear.

Y no quería tener que arrepentirse de nada.

Naomi sintió el calor de su mirada y notó que hubo un cambio en el ambiente.

Su manera de mirarla a los ojos, y a los labios, provocó que su cuerpo reaccionara.

Naomi nunca se había enfrentado a un momento así.

Durante un segundo, deseó sentir el roce de su boca, y estaba segura de que, si él se inclinaba hacia delante una pizca, ella también lo haría.

Se hizo un silencio en el que ella solo podía oír el latido de su corazón. Cerró los ojos con anticipación.

No obstante, Abe no se movió. Ella lo observó mientras él miraba a otro lado y agarraba su copa, así que Naomi decidió que había malinterpretado la situación.

El *jet lag*, el coñac, y la falta de conocimiento acerca de los hombres le indicaban que se estaba imaginando las cosas y que había estado a punto de quedar como una tonta. Ella se sonrojó al imaginarse sentada, con los ojos cerrados, esperando un beso que nunca llegaría. Avergonzada, se dijo que, si estaba fantaseando acerca de que un playboy se sintiera atraído por ella, había llegado la hora de acostarse.

—Creo que debo irme a dormir –dijo Naomi–. Mañana tengo pensado ir a hacer turismo.

Ella se levantó y se ató mejor el batín antes de agacharse para recoger la caja.

—Déjalo –dijo él, porque si se agachaba quizá no pudiera evitar sujetarla.

—Buenas noches, Abe.

—Buenas noches.

Ella subió por las escaleras y se dirigió a su habitación.

Una vez allí se sentó en la cama, con la cabeza entre las manos y empezó a lloriquear.

No solo porque había pensado que él había estado a punto de besarla. O porque fuera evidente que uno de los solteros más populares de Nueva York no podía estar interesado en ella.

No, era por cómo se sentía.

En menos de una hora, Naomi sabía que se había enamorado de Abe y era algo que no necesitaba o deseaba. No solo porque estaba allí para trabajar y nada debía interponerse en su camino, sino porque temía que le hicieran daño.

Naomi protegía su corazón con ferocidad. Durante su vida, no había tenido ninguna relación amorosa.

Su trabajo se lo impedía, y ella se alegraba de ello, sobre todo en una noche como aquella.

Simplemente se negaba a exponerse a un sufrimiento potencial.

Capítulo 3

ABE».

Al despertar, Naomi supo muy bien dónde se encontraba, y lo primero en lo que pensó fue en lo que había sucedido la noche anterior.

Desde que se había despedido de Abe Devereux, no había dejado de pensar en él.

Por supuesto, a él no le habría pasado lo mismo.

Se había quedado dormida y eran más de las nueve. No había duda de que él estaría trabajando y ni siquiera pensaría en la conversación que habían tenido junto al fuego.

Naomi sí pensaba en ello.

Había oído hablar de los Devereux antes de que Merida conociese a Ethan. Ella había trabajado con una importante familia de Londres que tenía tratos con ellos. De hecho, el nombre de Abe se había mencionado a menudo, y no con aprecio. Él era el escudo de los Devereux. El hombre al que había que ganarse si uno quería hacer un trato con ellos.

Y en cuanto a las mujeres, su reputación había sido igual de formidable.

Eso era todo lo que sabía.

Mientras intentaba averiguar cosas acerca de las dinámicas de la familia para poder ayudar a su amiga, Naomi había leído por encima los artículos que hablaban sobre Abe.

En cualquier caso, recordaba que no solo se trataba de encerrar a las hijas bajo llave cuando Abe Devereux estaba cerca.

También había que encerrar a las esposas.

¡Y posiblemente a las niñeras!

Sabía que él no tenía escrúpulos.

Decidida a no pensar más en él, Naomi sacó el teléfono y miró el parte meteorológico.

Nieve y más nieve.

Se levantó de la cama, se dejó el cabello suelto y no se preocupó por el maquillaje. Casi nunca lo hacía. No tenía mucho sentido cuando se trabajaba con bebés. Se puso unos pantalones vaqueros negros y una sudadera grande de color gris. Después se sentó en la cama para ponerse las botas. Antes de salir se puso su chaqueta y agarró un gorro de lana y una bufanda.

Se dirigió a la cocina y cuando vio que Abe estaba sentado en un taburete, tomándose un café mientras leía el periódico en la Tablet, se quedó boquiabierta.

—Buenos días —sonrió Barb—. ¿Qué tal has dormido?

—Muy bien —dijo Naomi—. De hecho, me he quedado dormida.

—No eres la única —dijo Barb, y miró a Abe, que no levantó la vista—. He visto que pediste una pizza por la noche. Podías haberme pedido algo de comer si tenías hambre. Ven, siéntate a desayunar —entonces, debió recordar que Naomi era una invitada—. O siéntate en el comedor y…

—No desayuno —mintió Naomi.

A Naomi le encantaba desayunar y en el primer café que encontrase se compraría un *bagel*, pero estaba alterada por la presencia de Abe y trataba de disimular. No esperaba verlo, y menos en la cocina.

—Me marcho.

Trató de recordarse que no debía estar alterada, pero no conseguía relajarse. Al percibir su aroma, y verlo recién duchado y afeitado, con el pelo mojado, se le había acelerado el corazón. Se sentía como una adolescente.

Y Barb no la dejaba marchar.

—No vas a salir de casa sin, al menos, tomarte un café –dijo Barb–. Y le sirvió una taza. ¿Leche?

—Café solo, por favor.

Mientras Barb servía el desayuno, le preguntó a Abe por Jobe.

—¿Hay algo que pueda hacer para él?

—No creo –dijo él–. Te lo haré saber, pero no estaba comiendo mucho.

—El jengibre es bueno para las náuseas –dijo Barb, y volvió su atención a Naomi–. ¿Qué planes tienes hoy? Espero que no vayas a salir solo con esa chaqueta.

—Voy a comprarme un abrigo –le explicó Naomi otra vez–. Primero voy a ir a unos grandes almacenes.

—Le diré a Bernard que te lleve.

—No es necesario –Naomi negó con la cabeza–. Quiero ir caminando. Es posible que el bebé llegue mañana o pasado a casa, así que hoy me gustaría hacer todo el turismo posible. Aunque esta noche puedo ayudaros con el árbol.

—¿Ayudarnos? Yo no lo voy a decorar —se rio—. Eso se lo dejamos a los expertos. Disfruta del día y no te preocupes por nosotros.

Abe continuó leyendo mientras Barb y Naomi conversaban.

—Quiero ir a ver el árbol del Rockefeller Center, y quiero ver los escaparates Me encantaría ir a ver las ardillas de Central Park, pero estarán hibernando. Ah, y quiero pasear sobre el Brooklyn Bridge.

–¿Hoy? –preguntó Barb.

–Bueno, no durante todo el día –dijo Naomi–. Tendré que buscar un mapa y buscar el recorrido. Se me da muy mal seguir las direcciones en mi teléfono.

–Yo tengo uno en algún sitio.

Barb se marchó a buscarlo y cuando Naomi se quedó con Abe tuvo que recordarse de que no tenía motivos para sentirse inquieta.

Sentía tanto calor que decidió que se pondría el gorro y la bufanda cuando estuviera en la puerta.

Y entonces, sin levantar la vista, Abe dijo:

–Las ardillas no hibernan.

Ella tardó un rato en darse cuenta de que él estaba comentando acerca de la conversación que había tenido con Barb.

–Creo que descubrirás que sí lo hacen –dijo Naomi, y él levantó la vista y la miró con sus ojos negros.

–Estoy seguro de que descubrirás que no lo hacen.

Se hizo un silencio.

Abe se fijó en sus labios dispuestos a discutir.

–Esta noche puedes disculparte si descubres que yo tenía razón.

Abe se sorprendió por dos cosas al oír el comentario.

Por el hecho de que se hubiera molestado en debatir sobre si las ardillas hibernaban o no.

Y por el hecho de que estuviera pensando en aquella noche.

Sobre todo, cuando ella dejó de discutir y puso una amplia sonrisa.

–Entonces, ¿puedo darles de comer?

–Sí.

–¿Y qué compro?

–¿Comprar?

–¿Para darles de comer?

–Puedes comprar nueces allí.

–Ah.

–Calientes. Aptas para el consumo humano.

–Qué ricas –dijo Naomi–. Primero necesito ir a Macy's a por un abrigo.

–Hay otras tiendas aparte de Macy's

–No, tiene que ser allí.

–¿Por qué?

–Para que cuando me pregunten dónde me he comprado mi abrigo, no suene pretencioso decir que en Nueva York. Solo diré en Macy's, y ellos ya sabrán.

–Ya veo. Si puedes esperar cinco minutos yo me voy ahora. Puedo decirle a mi chófer que te deje allí.

–Quiero ir caminando.

«No se hace una idea de la distancia», pensó Abe.

–Mejor camina cuando tengas un abrigo.

Naomi sabía que debía rechazar su oferta, igual que había hecho con Barb.

Y que debería mantener la mayor distancia posible entre ellos y recordase que debía proteger su corazón ya que cada vez se sentía más enamorada de Abe. Alejada de él se sentía extraña, pero cuando hablaban, cuando él la miraba, se olvidaba de que solía sentirse incómoda alrededor de los hombres.

Las normas con las que Naomi solía vivir no parecían aplicarse cuando estaba con Abe.

–De acuerdo –admitió con una sonrisa–. Mientras estemos allí, podrías comprarle algo a Ava.

–Ya le he hecho un regalo al bebé y –Abe estuvo a punto de decirle que el chófer la llevaría a Macy's después de que lo hubiera dejado a él en el trabajo.

Aunque, pensándolo bien, un par de horas libres parecía algo atractivo. Khalid estaba esperando que lo llamara y, quizá, que estuviera ausente sin dar explicaciones, era una buena manera de recordarle al jeque quién era el jefe.

Él se terminó el café.

–Entonces, vamos.

Durante el trayecto, Abe pensó que era agradable recorrer una ruta conocida con alguien que estaba muy entusiasmada con verlo todo.

–Es mejor de lo que yo me había imaginado –dijo Naomi.

–Así es siempre –dijo Abe, pero levantó la vista de la pantalla de la Tablet y miró por la ventana.

Los carros de caballos estaban todos en fila y las calles llenas de gente.

–Me quedé dormida durante el trayecto desde el aeropuerto –explicó Naomi–, así que, ayer no vi nada.

Abe se arrepintió de no haber ido a buscarla en persona.

Nunca se arrepentía de nada, sin embargo, se había arrepentido durante un segundo. Y no es que pudiera recrearse en ello, ya que Naomi tenía demasiadas preguntas.

–¿Has hecho las compras de Navidad? –preguntó.

–Yo no las hago.

–¿Las haces online?

–No, no las hago online. No celebro la Navidad. Bueno, se celebra el Baile de Navidad y le regalo un viaje de fin de semana a Jessica, mi asistente personal, pero eso es todo.

Ella se quedó asombrada.

–¿Qué hay de tu padre? ¿No le compras un regalo?

–¿Qué podría necesitar? –preguntó Abe, y al ver que ella se disponía a replicar, añadió–. Pensaré en algo.

–Bien.

–¿Y tú qué quieres por Navidad? –preguntó Naomi.

–Paz y tranquilidad –dijo Abe, y ella se rio–. Ya hemos llegado. No podrías haber venido caminando.

–Podría –insistió Naomi al salir del coche–. Volveré caminando –miró el magnífico edificio que lucía la decoración navideña en tonos rojos y verdes. Había montones de gente mirando los escaparates–. Oh, cielos. No puedo creer que esté aquí.

–Tu abrigo te espera.

Después de quedar con Naomi acerca de dónde se encontrarían después, Abe se marchó. Al percatarse de que la gente lo reconocía, decidió que se pondría un sombrero. No quería que alguien le sacara una foto haciendo turismo y la vendiera a los periódicos.

Y como había decidido tomarse el día libre, decidió llamar a Jessica mientras subía por las escaleras mecánicas.

–¿Qué le digo a Khalid? –respondió Jessica sorprendida. Ese día no había ni un solo Devereux en la oficina y eso no había pasado nunca desde el tiempo que estaba trabajando allí.

–Que no estoy disponible –dijo Abe.

–Felicia y sus ayudantes están aquí –dijo Jessica–. Para tomarte medidas para la próxima temporada y también para el traje que llevarás en el Devereux Ball.

Abe no estaba escuchando. Por primera vez, no estaba pensando en el trabajo. De hecho, se estaba fijando en un enorme oso de color rosa con grandes ojos negros, como los que Ava tendría algún día.

–Soluciónalo –dijo Abe, y colgó.

Pensó en lo que Naomi le había dicho, acerca del tipo de tío que deseaba ser. Nunca se había imaginado que sería el tipo de tío que regalaría osos de peluche, pero si no podía comprar un gran oso rosa para su sobrina recién nacida, ¿a quién se lo podía comprar?

Y así fue como ella lo encontró después.

Naomi llevaba un abrigo rojo precioso y una gran bolsa con cosas de color rosa. Pijamitas rosas, una manta rosa y un pijamita de color rojo, del mismo color que su abrigo. Mientras pensaba en cómo pasaría el resto del día, vio a Abe junto a la escalera, con un sombrero negro y un gran oso rosa. No estaba sonriendo. Sin embargo, parecía de mal humor y tenía el ceño fruncido. «Ayuda», pensó ella.

«Ayuda», Naomi pensó de nuevo al ver que él la miraba, sonreía y se acercaba a ella.

«Por favor, continúa siendo el canalla que me habían dicho que eres».

Pero la ayuda no llegaba.

–Bonito abrigo –dijo él.

Metieron el oso en el coche, pero en lugar de despedirse de ella, Abe despidió al chófer y Naomi tardó unos instantes en darse cuenta de que él iba a ser su guía durante el resto del día.

–Para compensarte por no haber ido a recogerte al aeropuerto –le dijo él a modo de explicación.

–¿De veras?

–Ethan me lo pidió, pero ayer tenía muchas reuniones.

–¿Y hoy no?

–No –dijo él–. Bueno, debería ir, pero hay otros asuntos de los que me quiero ocupar –dudó un instante y añadió–. Me olvidé de que eras amiga de Merida.

—Oh, no, tú también —se quejó Naomi—. Barb también se contiene porque no soy una empleada de verdad.

—¿De veras? —dijo él intrigado—. ¿Qué podría contarte Barb si no fueras amiga de Merida?

—Los cotilleos —sonrió Naomi.

Ya en la calle mojada, se miraron.

—Bueno, pues yo no tengo cotilleos —dijo Abe—. Solo un quebradero de cabeza en Oriente Medio. Algo de lo que no quiero que mi hermano se entere todavía.

—Mis labios están sellados.

Él deseó que no lo estuvieran.

Al mirarla, Abe deseó poder separarle los labios con la lengua y decidió que quizá ella estaba pensando lo mismo ya que los apretaba con fuerza.

—Entonces —dijo Abe, en lugar de besarla en medio de la calle—, tengo el día libre si quieres compañía

—Me encantaría.

Él sería una compañía maravillosa.

Allá donde estuviera, Naomi solía hacer turismo en sus días libres, pero siempre sola.

Un día tan frío como aquel, Naomi agradeció su compañía mientras contemplaban las escenas navideñas de los escaparates.

Abe no se quedó a un lado o más atrás, sino que se acercó con ella a primera fila para contemplarlas. Cada escaparate mostraba una historia. Había hadas agitando sus varitas y trenes hechos de caramelos. Los sonidos de las risas de los niños y la música, provocaron que a Naomi se le llenaran los ojos de lágrimas.

Por primera vez sentía lo que debía sentirse en Navidad.

Ella podría haberse quedado horas contemplando los escaparates, pero parecía que Abe tenía un horario que cumplir.

–Preparada? –le preguntó.

–¿Para qué?

¡Iban a visitar el Empire State Building!

Y como era diciembre no tuvieron que esperar cola y enseguida se encontraron en lo alto de la ciudad de Nueva York.

–Parece que estemos en lo más alto del mundo.

–Mi oficina está todavía más alta.

–No te creo –sonrió Naomi, y se guardó las manos en los bolsillos del abrigo. Nunca había sentido tanto frío, tanta alegría y tanta emoción al mismo tiempo.

Él le señaló los puentes y los edificios emblemáticos, y aprovechó que ya no nevaba tanto para mostrarle la Estatua de la Libertad.

–En uno de mis días libres recorreré el río en barco –comentó Naomi.

–Te congelarás.

–No me importa –se rio Naomi.

Intentó orientarse desde las alturas.

–Entones, ¿tú vives hacia allí?

–No –le corrigió Abe–. Mi padre vive allí y –la sujetó del codo y la movió hacia el otro lado–. Yo vivo allí, en Greenwich Village. ¿Ves esa zona tan verde? Eso es Washington Square Park y la vista que hay desde la ventana de mi dormitorio.

–Ah. Me encantaría ver … Quiero decir, Greenwich Village está en mi lista

–Sé a qué te refieres –dijo él con una sonrisa.

Después del Empire State Building se dirigieron al Rockefeller Center y al árbol gigante para que Naomi se sacara una foto.

Cuando terminaron, una turista alemana les preguntó si querían que les hiciera una foto juntos y que si luego les podían hacer una a ellos.

Era más fácil contestar que sí, que explicarles que no eran pareja, así que accedieron.

Se colocaron uno al lado del otro y la turista les indicó que se juntaran más. Entonces, Abe rodeó a Naomi por los hombros. Naomi sonrió de manera un poco forzada por primera vez en el día.

Todo era impresionante, y tan maravilloso que Naomi sabía que seguiría mirando esa foto durante mucho tiempo.

Capítulo 4

ERA EL día perfecto.
En todos los sentidos.
Había muchas cosas por ver y por hacer y aprovecharon al máximo.

—Debería haberme comprado unos guantes —dijo Naomi, calentándose las manos con la respiración mientras bajaban por Madison Avenue.

Abe conocía un truco y compró *pretzels* recién hechos para que les calentaran las manos.

—Me lo enseñó mi padre —dijo Abe—. Aunque creo que en realidad le encantaba comérselos.

—Hiciste cosas bonitas con tu padre.

—Sí —admitió. La miró de reojo y se preguntó por qué aquella maravillosa mujer no tenía a nadie. ¿Cómo era posible que no tuviera familia?

—¿Y tú? ¿Tienes…? —la miró un instante—. ¿Tienes recuerdos de tu familia?

—Ninguno bueno —dijo Naomi, y cortó un trozo de *pretzel*—. Nunca he visto a mi madre. Traté de contactar con ella, pero no quiso saber nada.

—Ella se lo perdió —dijo Abe, pero como le pareció una respuesta trivial lo intentó de nuevo—. Quizá fuera lo mejor.

—Lo dudo.

—Hay personas que no deberían ser padres —dijo Abe, y compartió con ella algo que nunca había compartido con nadie. Ni con su padre, ni con Ethan. Por supuesto, ellos lo sabían, pero él nunca lo había dicho en voz alta–. Mi madre era una de ellas.

Naomi sabía que estaba oyendo la verdad y que él estaba compartiendo una parte de su vida privada con ella.

–Y –añadió Abe–, sin duda, ella se lo perdió. No puedo imaginar nada más agradable que pasar un día entero contigo.

Posiblemente era lo más agradable que podía haberle dicho.

Estaban en una calle llena de gente, pero era como si estuvieran a solas. Entonces, incómodo por tanta intimidad, cortó un poco del *pretzel* y se lo metió en la boca.

–Vamos –le dijo–. Queda mucho por ver.

Se contuvo para no agarrarla de la mano y Naomi cerró los puños para no dársela.

Después, tratando de no quedar como una tonta, miró hacia un escaparate y dijo:

–¡Eso si qué es un abrigo!

Era un abrigo largo y de color violeta, y se parecía más a una capa de terciopelo que a un abrigo.

Era precioso.

–Se supone que a mí tienen que tomarme medidas –dijo Abe, pensando en la modista que había dejado plantada y que ya que estaban allí podían entrar y quitárselo de encima–. Entremos.

Naomi jamás habría entrado en un lugar como aquel y, desde luego, nunca la habrían recibido de esa manera. Puesto que estaba con Abe, la dependienta fue muy amable con ellos.

–¡Señor Devereux!

–Felicia –Abe la saludó de forma menos efusiva.

Por supuesto, le dijeron que no suponía un problema que no hubiera asistido a la cita privada que tenía en su despacho aquella misma mañana.

—Justo estaba hablando con Jessica —dijo Felicia—. Intentaba concertar otra cita en otro momento. Vamos a tomarle las medidas. Su.. Er… —miró a Naomi un instante—. ¿Su secretaria entrará también? —fue una situación extraña.

Al menos para Naomi.

Por supuesto, nadie pensaría que ella estaría con él si no era una empleada.

—Echaré un vistazo por aquí —dijo Naomi, mirando la maravillosa ropa que nunca podría comprar.

Media hora más tarde, seguía mirando ropa cuando Felicia le comentó:

—No debe quedar mucho.

Al parecer, el señor Devereux no solo estaba eligiendo un esmoquin para el baile. Había retales y botones, cuellos y puños para trajes de verano.

—¿Cuánto tiempo lleva trabajando para los Devereux? —preguntó Felicia.

—No, no trabajo para ellos —le corrigió Naomi—. Solo somos… —no sabía qué decir—. Amigos.

Dos personas que tenían a alguien, Merida, en común. Aunque eso no iba a explicárselo a Felicia.

En ese momento, todo cambió.

Una vez que Felicia se enteró de que Naomi no era una empleada, se volvió más atenta.

—¿Le gusta la capa? —preguntó, al ver que Naomi acariciaba la tela.

—Me encanta —dijo Naomi.

—Hay un vestido que encaja con esos colores.

—Dudo de que lo tengan en mi talla.

Felicia era muy buena en su trabajo. Tanto que

veinte minutos más tarde, Naomi se presentó con un precioso vestido largo y unos zapatos de tacón alto.

—Está preciosa —dijo Felicia.

—Claro, le pagan para que diga eso.

—No —Felicia negó con la cabeza—. No quiero que nadie se ponga algo de nuestra tienda si no les queda bien, y a usted le queda muy bien.

¿De veras?

Era agradable soñar. Y arreglarse por diversión, no solo para impresionar a Abe. Naomi salió sonriendo del cambiador.

Sin embargo, Abe tenía el ceño fruncido.

—No imaginaba que tardarías tanto —comentó él al salir de la tienda—. ¿Cuántos tonos de negro existen?

Naomi se rio.

Se sentía feliz. El sol empezaba a bajar y Naomi descubrió que sí, que las ardillas viven en invierno en Central Park.

Al principio solo vio una. Abe se dirigió a comprar frutos secos.

—Son para las ardillas —le recordó, al ver que ella las probaba.

—No hay ardillas.

En ese momento, vieron una sentada en la nieve.

Ella le tiró una nuez y el animal se acercó a recogerla.

—Ahí hay otra —dijo Abe, tirando más nueces para que salieran otras.

Se acercaron mucho a ellos, casi hasta los bancos, y Naomi se rio al ver que algunas comían de su mano.

Abe sacó fotos con el teléfono.

—Es como un sueño convertido en realidad —comentó Naomi.

—¿Tenía razón? —preguntó Abe—. ¿O tenía razón?

–Tenías razón, Abe –bromeó Naomi–. Las ardillas no hibernan y te pido disculpas por haber dudado de ti.

No parecía que aquello hubiera sucedido esa mañana, ya que después de haber pasado todo el día juntos parecía que había pasado mucho más tiempo.

–Te has perdido una –dijo Abe, señalando una pequeña que estaba más alejada.

–No se atreve a venir –dijo Naomi, fijándose en la pequeña indecisa. Finalmente, la ardilla se acercó a por su ración de nueces.

–¿Quieres más? –preguntó Abe.

–Otro día –dijo Naomi–. No siento mis pies.

Estaba oscureciendo y hacía mucho frío.

–¿Te apetece ir a tomar algo? –le ofreció él, mientras le devolvía el teléfono y caminaban hacia la salida del parque–. ¿O a cenar? ¿Podemos ir al Plaza?

Él señaló hacia el edificio y ella comentó:

–No voy vestida para el Plaza –bajo el abrigo nuevo vestía pantalones vaqueros y tenía el dobladillo empapado.

–No importa.

Y Naomi sabía que era cierto.

Harían una excepción por Abe. Sin embargo, a ella sí le importaba. Debía estar horrible. Sería mejor que lo dejaran así. Había sido un día perfecto y tenía la excusa perfecta.

–Le prometí a Merida que iría a visitarla esta noche.

«Quizá sea lo mejor», pensó Abe.

Se suponía que él también debía estar en el hospital.

En menos de un día había pasado de llevar un sombrero para que no lo reconocieran a invitarla a cenar en el Plaza con él.

Solo podía darle problemas.

A muchos niveles.

–Volveré a casa a cambiarme –dijo Naomi–, y después iré al hospital.

–Llamaré al chófer –Abe sacó el teléfono–. Yo iré al hospital ahora y te dejaré en casa de camino.

–Genial –repuso Naomi–. Abe, muchas gracias por este día tan estupendo. Si no me hubieras acompañado no habría visto ni la mitad. Ha sido maravilloso –añadió.

–Así es –convino él.

–¿Qué tal va el dolor de cabeza causado por el tema de Oriente Medio?

–¡Se me ha pasado! Aunque no creo que dure mucho. Seguro que Ethan se ha enterado.

–¿De qué?

Él sonrió.

–Khalid y Ethan son amigos. Fueron juntos a la universidad. Yo le advertí a Ethan que no mezclara los negocios con los amigos.

–Puede salir bien.

–Mi experiencia me dice que no. Khalid nos ha ayudado a allanar el camino para nuestra expansión a Oriente Medio, lo reconozco. Sin embargo, es un acuerdo del que él se beneficiará enormemente. Me niego a estar en deuda con él. Él está presente en los dos lados.

–No lo comprendo.

–Es socio de nuestra filial en Oriente Medio, pero también es el príncipe del país donde queremos expandirnos.

–Entonces, tiene los mismos intereses que tú.

Él soltó una carcajada.

–Para los negocios tiene más sentido imaginarlo

estafando unos millones que preocupándose por su gente.

–Quizá –dijo Naomi–, sin embargo, es más bonito pensar de la otra manera.

–No me gusta lo bonito.

–Hoy sí –dijo Naomi.

–Hoy ha sido una excepción.

O mejor, para Abe, ese día había sido excepcional.

Se sentía como si hubiera nacido luchando. Cuidando de Ethan y de su madre. Y después, no había tenido días tranquilos durante su juventud. Solo el pese del apellido Devereux y la mala reputación que conllevaba.

Ese día, era como si el mundo que él conocía se hubiese detenido.

Abe dejó de caminar y ella se detuvo a su lado. Ambos se giraron para mirarse. Cuando él le agarró las manos, Naomi agachó la cabeza.

Por fin. Llevaba todo el día deseando darle la mano.

Naomi observó sus dedos y percibió el calor que desprendía su cuerpo y que se mezclaba con el de su corazón.

Estaba en Nueva York y, aunque no solía implicarse emocionalmente con una familia y siempre protegía su corazón, al mirar a Abe a los ojos, todo eso se desvaneció.

Nevaba suavemente, y un silencio cubrió la ciudad cuando él acercó la boca a la de ella. Naomi percibió su aroma y lo grabó en su memoria.

El primer contacto íntimo la hizo estremecer, pero cuando sus bocas se encontraron, ella se sintió aliviada porque le parecía que había esperado años para disfrutar de aquella maravilla.

Y era verdad.

Abe Devereux era el primer hombre que la había besado. Y aquella era la primera vez que ella bajaba la barrera que protegía su corazón.

Él se percató de ello.

Notó que ella se sobresaltaba con el primer contacto y que después respondía a su beso de manera inexperta. Entonces, él comprendió que era su primer beso y decidió ser más delicado para no volver a sobresaltarla.

Para Abe, los besos solían ser un medio para conseguir un fin.

La cama.

Él no iba de la mano con una mujer en público, ni se besaba en un parque, sin embargo, no estaba pensando en dónde se encontraba. Solo pensaba en que ella tenía los labios tan fríos que debía calentárselos. Percibía sus dudas mezcladas con deseo, y decidió que Naomi le recordaba a una pequeña ardilla, nerviosa, prudente, pero deseosa.

Abe provocaba deseo en ella.

La presión de sus labios era sublime. Él le soltó las manos y la abrazó contra su cuerpo. Ella separó los labios para que la besara y, cuando notó su lengua, echó la cabeza hacia atrás. No obstante, él la estaba sujetando, así que segundos después permitió que la besara de forma apasionada y se entregó al placer sensual de sus besos.

Gimió y él continuó besándola, guiándola para que le correspondiera con su boca, sin dejar de abrazarla.

De pronto, Naomi experimentó un deseo que nunca había sentido antes. Y justo cuando empezaba a respirar de forma entrecortada, él dejó de besarla.

Abe no tenía más elección. Al tenerla entre sus brazos la deseaba aún más, y necesitaba calmarse.

Apoyó la frente contra la de ella y notó sobre su torso cómo se movían sus senos al respirar. Abe estaba sorprendido por lo mucho que le había gustado besarla.

—Deseaba hacerlo desde anoche —le dijo, casi rozándole los labios con los suyos.

Ella soltó una risita.

—Y yo esperaba que lo hicieras —admitió Naomi. Aliviada al saber que aquel hombre había sentido lo mismo que ella.

Naomi lo miró y pensó en la posibilidad de que él la agarrara de la mano y la llevara hasta una cama mágica.

Para Naomi, era una revelación.

Hasta ese día nadie la había besado, nunca había estado tan cerca de acariciar a alguien íntimamente, y jamás había pensado en compartir la cama de un hombre.

Y cuando él la soltó y volvió a la realidad, empezó a dudar.

«Él puede hacerte daño», le recordó su mente.

«Shh» le dijo su corazón.

Abe sacó el teléfono y leyó un mensaje que informaba de que el coche estaba allí.

—Hablaremos esta noche —le dijo Abe.

En el coche se sentaron separados, y no solo porque el oso enorme tenía su propio sitio, sino porque todo era demasiado complicado para asimilar.

No obstante, ella estaba en las nubes, y se preguntaba cómo podría arreglárselas con Merida y Ethan y, sobre todo, cómo iba a decirle a aquel hombre que nunca se había acostado con nadie antes.

Sí, estaba segura de que era hacia eso hacia donde se dirigía.

–Gracias –dijo Naomi, y salió del coche.

Sabía que no era una manera muy efusiva de darle las gracias después de aquel día maravilloso, pero decidió ser educada. Al entrar en casa, sonrió a Barb.

–¿Qué tal tu día de turismo? –preguntó Barb.

–Maravilloso.

–¿Te ha traído el chófer de Abe?

–Sí –Naomi contestó con naturalidad–. Me dijo que lo avisara cuando terminara de hacer turismo y que me traería a casa –se calló al ver el árbol de Navidad–. Oh, cielos…

Era de color rosa.

Y elegante.

Había copos de nieve de color rosa claro que parecían capullos de flores en las ramas.

–Es maravilloso –dijo Naomi, pero no tenía mucho tiempo de contemplarlo–. Tengo que ir a cambiarme para ir al hospital. Tomaré un taxi

–No es necesario, Bernard te llevará.

Antes de cambiarse, Naomi se sentó en la cama un momento e intentó tranquilizarse, porque cuando estaba alejada de él se sentía insegura y todo le parecía imposible.

«Has venido a trabajar», se dijo en silencio.

No obstante, también tenía una vida.

Una vida privada de hombres.

Privada de pasión.

Privada de amor.

Y era demasiado pronto para pensar en ello, aunque todo era nuevo para Naomi.

Así que en lugar de asustarse ante la imposibilidad de que aquello sucediera, se puso unos pantalones vaqueros y una sudadera negra y recordó el beso que habían compartido.

Y mientras intentaba recuperar la compostura, sentía como si se le fuera a salir el corazón pensando en lo que le depararía la noche.

Resultaba que Bernard era el esposo de Barb y que había sido el chófer de Jobe.

–He sido su chófer durante más de veinticinco años –le dijo a Naomi mientras la llevaba al hospital–. Barb comenzó a trabajar para él después de que falleciera la señora Devereux y él me contrató como chófer. Íbamos a quedarnos dos años –le dijo al llegar al hospital–. Ese era el plan.

Naomi estuvo a punto de reírse y de comentar algo al respecto, pero al ver que él estaba tenso recordó que debía estar muy triste por el estado de Jobe, y quizá preocupado por el futuro de Barb.

–Son momentos difíciles –dijo Naomi, y Bernard asintió.

–Aunque la llegada del bebé es una gran noticia.

–Lo es –convino Naomi.

–La esperaré aquí.

–Gracias.

Naomi entró en el ala privada y, tras mostrar su carnet de identidad, la acompañaron a ver a Merida, que parecía más nerviosa que el día anterior.

–¿Cómo estás? –preguntó Naomi.

–Bien, pero no está comiendo y me han dicho que hay que ponerla bajo la luz. Tiene ictericia.

Todo era completamente normal, pero Merida estaba abrumada y Naomi se encargó de asegurarle que la pequeña estaba bien. No obstante, Merida también estaba preocupada por Naomi.

–Me siento muy mal porque tengas que arreglártelas sola en casa.

–No seas tonta –dijo Naomi–. Barb y Bernard son encantadores y hoy he estado haciendo turismo –había decidido no mencionarle que había pasado el día con Abe.

Por el momento, se centraría en el bebé que estaba llorando y hambriento.

–Prueba a relajarte –dijo Naomi y colocó al bebé para que lo amamantara–. Intenta hablar conmigo mientras le das de mamar.

Y funcionó, porque mientras Merida le hablaba sobre cómo le iban las cosas con Ethan, se relajó y eso ayudó a que Ava se relajara también.

–Sé que has estado muy preocupada por nuestro matrimonio. En realidad, yo también, pero ahora nos va muy bien. Seguro que piensas que solo es debido al nacimiento de Ava, pero ha empezado antes. Hablamos en serio y creo que es un nuevo comienzo para nosotros.

–Me alegro mucho por vosotros

–Ambos queremos que el matrimonio funcione.

Ella miró al bebé.

–Me alegro mucho de que Jobe haya podido conocerla. Ethan y él por fin han hablado

–Si trabajan juntos.

–Quiero decir, que por fin se han acercado. He averiguado que tuvieron algún problema con su madre –no contó mucho más y Naomi no preguntó, simplemente miró al gran oso de peluche.

–Abe se lo ha regalado a Ava esta tarde –dijo Merida, al ver que Naomi miraba el muñeco–. Es increíble. Debe tener corazón en algún sitio.

–Todo el mundo es agradable si se les da la oportunidad.

Merida negó con la cabeza.

–Abe no. Es un hombre hostil, impenetrable y solitario.

Y a Naomi no le quedó más remedio que escuchar a Merida hablar.

–Sinceramente, su manera de tratar a las mujeres… No sé cómo Candice puede aguantarlo.

–¿Candice? –preguntó Naomi. Había oído ese nombre, o lo había visto en algún artículo de los que había leído al investigar sobre la familia Devereux. En realidad, solo intentaba buscar información sobre Ethan, para poder ayudar a su amiga.

Entonces, ¿quién era Candice?

Merida contestó enseguida.

–La pareja de Abe.

Por suerte, Merida estaba mirando a Ava y no se percató de la cara de horror que puso Naomi.

–¿Su pareja? –repitió Naomi, tratando de que no le temblara la voz.

–Sí, llevan juntos un par de años.

–¿Y todavía están juntos?

Merida frunció el ceño al ver que su amiga mostraba tanto interés por la vida amorosa de Abe Devereux y Naomi se apresuró a contestar:

–Es que me suena que leí en algún sitio que se habían separado.

–Es posible –asintió Merida–. Siempre se están separando Él tiene aventuras con otras mujeres y ella siempre le perdona, pero no, definitivamente están juntos. Anoche vinieron juntos a visitarme –Merida la miró–. Créeme cuando te digo que es un auténtico cretino.

Naomi la creía.

Acababa de descubrirlo por sí misma.

Capítulo 5

¡ABE TENÍA pareja!

El comentario de Merida había inquietado a Naomi, pero debía permanecer calmada y sonreír durante el resto de la visita.

Al salir del hospital, deseó poder regresar caminando a casa. No obstante, un coche la estaba esperando en la puerta.

Sentía ganas de echarse a llorar, pero se negó a hacerlo.

Más que eso, quería hacer desaparecer ese día. Su maravilloso día. No haber descubierto lo que se sentía cuando Abe te abrazaba y besaba, ni estar completamente cautivada por aquellos ojos negros.

Durante el trayecto se dedicó a conversar con Bernard y nada más llegar a casa, Barb la esperaba ansiosa para que le contara cosas acerca del bebé.

—¿Cómo esta Merida? —le preguntó mientras Naomi se quitaba el abrigo.

—Está bien.

—¿Y la pequeña Ava? —le recogió el abrigo y esperó los detalles.

—Es preciosa.

—¿Vendrán a casa mañana?

—Creo que quizá tarden un par de días más —dijo Naomi, haciendo un esfuerzo para pensar. Entonces, vio que Abe salía del estudio. Se había quitado la chaqueta y la corbata y llevaba un vaso en la mano.

Estaba muy atractivo, pero ella miró a otro lado rápidamente.

—Hay cena preparada para ti —dijo Barb.

—Muchas gracias, pero estoy muy cansada —dijo Naomi, consciente de que Abe la estaba mirando—. He caminado mucho hoy y creo que el *jet lag* está pudiendo conmigo.

«Lo sabe». Al instante, Abe pensó que ella había descubierto lo de Candice. Lo notaba en su cara y por cómo se había dado la vuelta para evitarlo.

¡Maldita sea!

Candice se había reunido con él en el hospital, tal y como habían quedado, pero él se había olvidado. Cuando el chófer lo dejó en la entrada y se dirigió a los ascensores, se encontró con Candice allí.

—¿Qué diablos es esto? —preguntó ella al ver el oso de peluche.

—Es para mi sobrina.

—Sí, no creo que sea para mí.

Tal y como habían quedado, fueron juntos a visitar a su sobrina.

Él llevaba años aparentando y solo Candice, el abogado privado de Abe, y él mismo, conocían el trato al que habían llegado.

Había tenido que admitir ante Ethan la realidad de su situación, pero fue la misma noche que él le contó que Merida estaba embarazada y Abe intentó mostrarle a su hermano que había otras maneras de afrontar la situación aparte del matrimonio. Desde entonces, no habían vuelto a hablarlo.

La relación que Abe tenía con Candice era puramente un acuerdo. Su presencia tranquilizaba a la junta directiva, pero llevaban años sin tener relaciones sexuales juntos.

Él le pagaba un apartamento en Upper East Side y le pagaba un generoso salario mensual a cambio de que ella permaneciera a su lado.

Desde luego, no era algo que él compartiera con una persona con la que se había besado en una ocasión.

Era algo que no tenía intención de compartir con nadie.

Él esperó a que Barb hubiera recogido el abrigo de Naomi y se marchara.

—Naomi…

Ella lo ignoró y se dirigió escaleras arriba.

No era la mejor manera de enfrentarse a esa situación, pero Naomi necesitaba asimilar lo que había descubierto y descubrir qué sentía al respecto.

—¡Naomi! —la llamó de nuevo y se acercó al pie de la escalera.

—¿Sí? —ella se volvió tratando de mantener la compostura.

—Ven al estudio —le dijo—. Allí hay más privacidad.

—No tenemos nada que hablar en privado —contestó ella. No quería escuchar sus excusas y mentiras, pero, sobre todo, quería estar a solas con su pensamiento y tratar de aclararse.

—Tenemos que hablar —insistió Abe.

—Creo que ya hemos hablado bastante —dijo Naomi—. De hecho, anoche hablamos mucho y hoy todo el día, y durante todo ese tiempo has evitado contarme la única cosa que debería saber.

—¿Podemos no hablar de esto en la escalera? —sugirió Abe.

—¿Podemos no hablar sin más? —suplicó Naomi.

Odiaba los enfrentamientos y, aunque le costara admitirlo, se sentía aliviada por el hecho de que todas sus expectativas no se hubieran cumplido.

Todavía estaba a tiempo de controlar su corazón.

Hacía mucho tiempo que había aprendido lo que era sentirse rechazada y tratar de echar raíces para después tener que marcharse. No tanto en una relación romántica, ya que ahí no tenía experiencia, sin en el contexto familiar, en el colegio y con los amigos, y no quería recordar esos sentimientos.

A partir de ese pensamiento, ella fue capaz de mirarlo a los ojos, ignorando el tiempo mágico que habían compartido.

—Hemos pasado el día fuera. Solo fue un beso. Un pequeño cambio para ti, y para mí Estaba cansada del vuelo y... —se encogió de hombros—. Abe, he venido a trabajar y como amiga de Merida. ¿Podemos olvidar lo sucedido?

—Naomi...

Ella ya se había marchado.

Para sorpresa de Abe, él solo se sentía un poco aliviado por su rechazo.

Habían pasado el día fuera y se habían despedido con un beso, nada más.

Desde luego, no merecía la pena agitar las aguas.

Ya sucedían demasiadas cosas a la vez.

Al día siguiente, Abe no apareció por la cocina ni por la mañana ni por la noche.

Y tampoco durante las dos semanas siguientes.

Su nombre apareció en varias conversaciones cuando Naomi estaba delante.

—Abe va a pasar la noche en el hospital —oyó que Ethan le decía a Barb el día que Ava llegó a casa.

Y cuando Ava cumplió dos semanas y Naomi y Merida se disponían a llevarla al parque, Ethan llamó para decir que Khalid se dirigía a Nueva York para solucionar en persona el tema de la venta de la isla.

—No preguntes —dijo Merida, haciendo una mueca.

Naomi no preguntó.

Hacía todo lo posible para quitarse de la cabeza al hermano mayor de la familia Devereux.

Además, tenía mucho más en lo que pensar.

Merida trataba de darle de mamar a Ava y la pequeña estaba hambrienta e intranquila. Le gustaba dormir por la mañana y estar despierta por la noche.

A media tarde, en lugar de que Merida cediera y le diera de mamar otra vez, la envolvieron en una manta y la colocaron en el carro.

—¿No hace demasiado frío? —preguntó Merida.

—Está muy calentita —dijo Naomi—. Y les encanta el movimiento del carro.

A Ava también.

La pequeña no se quedó dormida, pero se calló durante el paseo. Había dejado de nevar y hacía un día soleado, y durante el paseo Merida le contó a Naomi que Ava había tenido una noche difícil.

—No quiero meterla en la cama conmigo, pero mama un poquito y se queda dormida. En cuanto la suelto, empieza a llorar.

—¿Por qué no me la dejas por la noche y te la llevo cada cuatro horas para las tomas? —sugirió Naomi.

—Me gusta tenerla conmigo.

Abe tenía razón.

Era mejor mantener por separado los negocios y las amistades.

Naomi no consideraba su trabajo como un negocio, pero era una gran profesional.

Habitualmente, los que la contrataban querían una niñera.

Merida no.

Ella quería tener a su bebé toda la noche con ella y aunque era encantadora, lo cierto era que la mayor parte de las madres primerizas no querían tener a su lado a su mejor amiga en todo momento, durante las primeras semanas de maternidad.

Si no estuviera cobrando por estar ahí, Naomi habría sugerido la posibilidad de quedarse en un hotel, o de acompañarla únicamente durante una semana o dos.

¡Y no dos meses!

Llegaron junto al lago y se sentaron en un banco. Nada más parar, Ava se despertó.

—Caminemos —sugirió Naomi, al ver que Merida estaba a punto de llorar.

—No, regresemos.

Merida estaba tan cansada que aceptó la sugerencia de Naomi acerca de que se fuera a dormir en lugar de darle de mamar a Ava.

—Te despertaré a las seis —dijo Naomi.

—No puedo dejarla llorando hasta entonces.

—No estará llorando —dijo Naomi, confiando en que fuera así.

Ava se portó de maravilla.

—¿Tiene hambre? —preguntó Barb un par de horas más tarde cuando Naomi entró en la cocina con Ava llorando.

—Quiere usar a su madre de chupete —dijo Naomi—. Confío en que si Merida consigue dormir bien mientras yo calmo a Ava, quizá luego pueda darle de mamar un buen rato. Le daré un baño para calmarla.

—¿Y no te molesta que llore? —preguntó Barb.

—Un poco —admitió Naomi—, pero no tanto como a Merida. Siempre afecta mucho más a la madre.

Estando en brazos, Ava comenzó a calmárse.

–¿Qué estás preparando? –Naomi le preguntó a Barb.

–Sopa de pollo de verdad. Para Jobe.

Naomi sonrió y decidió observar cómo se hacía la sopa de pollo de verdad. Había un pollo entero cociéndose en una olla con verduras y especias, y la cocina olía de maravilla. Ava había dejado de llorar y descansaba apoyada en el hombro de Naomi.

–Bernard se la llevará más tarde –dijo Barb–. Y también para Abe.

–Pasa allí mucho tiempo ¿no? –preguntó Naomi.

–Va después del trabajo y creo que se queda hasta tarde. Ojalá viniera aquí después, pero parece que ha dejado de venir.

Naomi tragó saliva. Esperaba que lo que había sucedido entre ellos no estuviera afectando a las decisiones de Abe. Aunque lo dudaba. Había buscado información sobre él en internet y descubierto que, comparado con otras de sus travesuras, un beso en el parque no era más que algo inocente.

Naomi dudaba de que él hubiera pensado en ello un instante.

Mientras que ella pensaba en ello todo el tiempo.

Todo el tiempo.

¿Y cómo no iba a hacerlo?

Había fotos suyas en las paredes y, a menudo, su nombre aparecía en las conversaciones. Y cada noche, ella permanecía atenta, preguntándose si él habría decidido quedarse en la casa después del hospital.

–Llegaste a esta casa justo después de la muerte de la señora Devereux ¿no? –preguntó Naomi.

–Sí –contestó Barb–. De otro modo, habríamos durado cinco minutos. Cambiaba de empleados a menudo —Barb había empezado a tener confianza con Naomi y le había admitido que, aparte de ellos, los empleados no sabían que Jobe estaba gravemente enfermo—. Llevo aquí veinticinco años. Bernard está preocupado de que no consigamos otro trabajo como internos si… —hizo una pausa—. Bueno, no sirve de nada preocuparse por eso.

Aunque Naomi sabía que estaba preocupada.

La estrategia de mantener a Ava despierta mientras Merida dormía funcionó. Después de darle un baño y ponerle un pijama, Ava estaba lista para mamar y Merida mucho más relajada.

—¿A qué hora regresará Ethan? —preguntó Naomi mientras Ava mamaba.

—Acaba de llamar, va a venir a cenar y después se marchará al hospital. Van a hablar con Jobe y su especialista. No está muy bien. El tratamiento lo deja agotado. Es duro. Y más ahora que Ethan y Abe han empezado a hablar. Me refiero a hablar de verdad.

—Dijiste que acaban de empezar a llevarse bien. ¿Antes no estaban unidos?

—No —Merida negó con la cabeza—. Esto que quede entre nosotras.

—Por supuesto.

—Su madre era terrible. En la prensa la retrataban como una santa, y Jobe hizo que Ethan creyera que era así. Con el paso de los meses, he estado uniendo cosas, pero Jobe me lo confirmó finalmente Ella era cruel. El motivo por el que Elizabeth se marchó fue porque Jobe descubrió lo que estaba pasando. Ella aparentaba ser la madre perfecta, pero no hacía caso a sus hijos. O peor, los rechazaba. Una vez dejó a Ethan en un coche en pleno verano. Si Abe no le hubiera dicho a la ni-

ñera que su hermano todavía estaba en el coche…
–negó con la cabeza–. Abe estuvo a punto de ahogarse
en el baño. Si la niñera no hubiera entrado en ese momento

Naomi se estremeció.

–Al parecer, la niñera, que todo el mundo pensaba que tenía un romance con Jobe, fue la única
persona que apoyó a los niños. Le contó a Jobe todo
lo que pasaba. Él estaba siempre muy ocupado con
el trabajo, pero en cuanto se enteró se enfrentó a
Elizabeth. Ella se marchó al Caribe, insinuando que
había descubierto que Jobe se estaba acostando con
la niñera. Cuando tuvo el accidente, el nombre de
Jobe ya estaba manchado, pero él nunca contó la
verdad, ni siquiera a Ethan, hasta la noche en que
Ava nació.

–Y¿Abe? –preguntó Naomi–. ¿Cree que su padre
fue infiel?

–No –Merida negó con la cabeza–. Al parecer
siempre supo que la madre era terrible. Siempre cuidó
de Ethan. Es difícil creerlo, sobre todo cuando apenas
mira a Ava. ¿Quién sabe lo que sufrió? Quizá por eso
es tan enigmático. Nunca pensó que su madre fuera
perfecta. Jobe aguantó muchos comentarios de la
prensa y tuvo que lidiar con su esposa, pero ha hecho
todo lo posible por ser un buen padre.

–¿Crees que llegará a Navidad?

–No lo sé –dijo Merida–. El día de Nochebuena se
celebra el baile de gala y Jobe insiste en que siga adelante. No creo que yo pueda ir.

–Todavía faltan dos semanas.

–Diez días –dijo Merida–. No creo que ningún vestido me quede bien. Espero que Abe y Candice puedan ondear la bandera de los Devereux sin nosotros.

Naomi sintió que se le sonrojaban las mejillas al oír las palabras de Merida, pero afortunadamente, su amiga continuó hablando y no se enteró.

—Khalid llegará el viernes y Ethan se reunirá con él para cenar. Se trata de negocios, como siempre, pero todos sabemos que no es solo eso.

Naomi se preguntaba si debía contarle a Merida que los empleados también estaban preocupados, pero decidió no hacerlo. No quería que Merida se preocupara aún más, y menos cuando la madre y la bebé parecían mucho más relajadas.

—Se ha dormido —sonrió Merida.

—Y ha mamado mucho.

—No sé cómo habría hecho esto sin ti —admitió Merida.

—Apenas he hecho nada. Las has tenido contigo todas las noches.

—Lo has hecho de maravilla, Naomi. Esta mañana estaba dispuesta a empezar a darle el biberón.

—Es una pequeñita exigente —sonrió Naomi—. Creo que, si puedes alargarle la toma esta noche, aprovechando que Ethan estará fuera, quizá puedas acostumbrarla a una rutina. Déjamela y te la traeré a las diez y después a las dos.

—Te agotarás.

—Para eso me pagas —comentó Naomi—. Mañana podré dormir —dijo Naomi con una sonrisa—. Para mí es como vacaciones, Merida. Normalmente tengo a los bebés veinticuatro horas, siete días a la semana, y solo los llevo con la madre para que los amamanten o les hagan mimos.

—Me alegro de que estés aquí —miró a la pequeña mientras dormía.

—Entonces, aprovéchate.

Merida levantó la vista.

—Ethan quería que lo acompañara a cenar con Khalid el viernes. Confía en calmar las aguas que Abe ha agitado.

—¿No han llegado a un acuerdo?

—No. Abe se niega a cambiar de opinión.

—¿Y por qué no vas? —sugirió Naomi—. Una cena es menos abrumadora que un baile y sabes que yo te haré de niñera.

—En realidad no quiero ir —dijo Merida—. Y no necesito que hagas de niñera. Pensé que podría irme al hotel y llevarme a Ava. Disfrutar de una noche fuera.

—Suena de maravilla —dijo Naomi—. E incluso mejor si conseguimos que se duerma entre toma y toma.

—¿Y tú estarás bien?

—Estoy segura de que encontraré algo que hacer —bromeó Naomi—. Al fin y al cabo, estaba en Nueva York—. ¡Vete!

Era un buen plan y un motivo para meter a Ava en rutina, así que aquella noche, Naomi asumiría el papel de niñera. Cuando Ava despertó media hora más tarde, Naomi la tomó en brazos para llevarla con Merida. Hizo lo mismo a las diez.

—La llevaré abajo —dijo, al ver que el llanto de la pequeña llegaba a la habitación de Merida—. Y la traeré para la toma de las dos. Está durmiendo mucho más entre toma y toma, Merida —tranquilizó a su amiga—. Y mama mucho más cada vez.

Así que, a medianoche Naomi estaba en el estudio con Ava en brazos. La pequeña no lloraba, pero estaba despierta y muy alerta.

—Vas a quedarte dormida después de la próxima toma —le dijo Naomi—. Y el viernes por la noche te vas a portar bien con tu mami —se calló al oír que se abría la puerta. Ava debió de percibir que Naomi se había puesto tensa porque empezó a llorar.

Y Naomi se había puesto tensa porque había pasado casi dos semanas sin ver a Abe. Por fin estaba allí. Hasta entonces siempre lo había visto en traje o con abrigo, pero esa noche llevaba unos pantalones vaqueros negros y una sudadera negra. Necesitaba un corte de pelo y no se había afeitado. Parecía el hombre de un cartel de *Se busca*.

—Hola —Abe la saludó al entrar en el estudio—. No esperaba que hubiera alguien levantado.

—Estaba a punto de subir a Ava.

—No hace falta, yo también voy arriba.

—Entonces, me quedaré aquí —dijo Naomi. Después, preocupada por si pensaba que trataba de evitarlo, añadió—. Estoy tratando de meterla en rutina. Te molestará.

—No creo que nada pueda molestarme esta noche. ¿Quieres…? —le ofreció mientras se servía una copa.

—No, gracias.

Naomi lo miró un instante y se preocupó. Había perdido peso y parecía agotado. Tenía ojeras y sus facciones parecían más marcadas que antes.

—¿Cómo está Jobe?

Al principio, Abe no contestó. Necesitaba un segundo para que no le titubeara la voz.

—Ha tomado la decisión de dejar todos los tratamientos —era la primera vez que lo decía en voz alta. Había intentado convencer a su padre, sugerirle que intentara aguantar hasta Navidad o Año Nuevo. No obstante, sabía que estaba siendo egoísta. Estaba acostumbrado a tomar decisiones y era muy duro aceptar que esa no dependía de él.

—Lo siento mucho.

Abe bebió un sorbo y suspiró.

–Dice que quiere disfrutar del tiempo que le queda, y que la medicación le da náuseas y lo deja agotado. Solía encantarle la comida.

–Y puede que vuelva a gustarle –repuso Naomi.

–Eso es lo que él espera –asintió Abe–. Ethan va a quedarse allí esta noche. Yo iba a irme a casa, pero me he acordado de que no tengo chófer.

–¿Y eso?

–Se muda a Florida.

–Ah.

–Está nevando mucho. No quiero irme muy lejos por si acaso.

–Abe –Naomi sabía que tenía que aclarar la situación–. Espero que no intentes mantenerte alejado por mí

–Por supuesto que no.

Aunque sí lo había hecho.

Solo había estado con ella un día.

No era mucho.

Sin embargo, había sido el día más agradable de todos.

Y su compañía seguía pareciéndole agradable.

Tanto, que a pesar de que su intención era irse a la cama, se sentó y miró a la pequeña Ava.

–¿Cómo está?

–Difícil, tal y como son los bebés de dos meses. No la mires a los ojos. Está buscando atención cuando debería estar durmiendo. Estamos tratando de que se acomode a una rutina.

–Quizá es como su tío y odia la rutina.

–Desde luego no ha parado en toda la noche.

Naomi se arrepintió de sus palabras al instante ya que pensaba que denotaban la indignación que sentía hacia él.

Cerró los ojos un instante y pidió disculpas.

–Ha sonado... –no sabía qué decir–. No me extraña que hayas estado evitando venir a casa. Solo me falta el rodillo y esperarte en la puerta.

Él soltó una carcajada, sorprendido por su sinceridad.

–He evitado venir a casa –admitió–, pero no porque no quisiera verte, sino por todo lo contrario.

Naomi se sonrojó y notó que se le llenaban los ojos de lágrimas.

–Sé que para ti solo fue un beso, Abe, pero era mi primer beso.

No lo miró para no ver su cara de sorpresa. Sin embargo, él no se sorprendió. De algún modo sabía que aquel beso había sido el de una mujer inexperta, y el dolor que le había provocado lo inquietaba.

–No deberías haberlo malgastado conmigo –dijo Abe.

–No lo malgasté.

Ava hacía ruiditos para llamar la atención y fue Abe quien se la dio. Agarró una manita de la pequeña y observó cómo cerraba el puño alrededor de sus dedos.

Naomi no se lo impidió, ni le advirtió que estaba entorpeciendo una rutina. Había ciertas cosas que eran importantes y ver cómo él se preocupaba por su sobrina, era como haber ganado una pequeña batalla.

Él quería advertirle a Naomi que se mantuviera alejada, sin embargo, no lo hizo.

–Cuando nació Ethan nos hicieron una foto de familia –dijo Abe–. En este mismo sofá. Después, Jobe y yo subimos a la terraza para que nos tomaran unas fotos para una revista. Padre e hijo.

–¿Cuántos años tenías?

–Cuatro –dijo Abe–, casi cinco. Volví al piso de abajo porque creí que me había olvidado algo y me encontré a Ethan en el sofá, bocabajo

Naomi lo miró muy seria.

–Como si fuera un cojín. Cuando entró Elaine, la niñera, y lo giró estaba morado. Ella me gritó por no haberlo levantado, por no haber hecho nada

–¿Dónde estaba tu madre?

–Se había ido a acostar. Después de terminar las fotos lo había dejado como si fuera un muñeco. A partir de ahí, nunca lo perdí de vista. Al volver a casa del colegio me preguntaba si estaría bien. Es difícil creer que ahora se ha convertido en padre.

–En un buen padre.

–Sí.

Él no sabía si Naomi conocía que Ethan y Merida habían hecho un trato. Parecía irrelevante. Abe sabía que su hermano y Merida estaban contentos y, como cualquier padre primerizo, Ethan le contaba historias sobre su criatura a diario.

Y sobre su esposa.

A pesar del contrato, parecía que estaban enamorados.

Y eso hacía que su relación con Candice le pareciera vacía.

Superficial.

Y mientras Abe miraba la manita que se agarraba con fuerza a su dedo, supo que la mujer que sujetaba en brazos al bebé merecía saber que su primer beso no había sido desperdiciado en una infidelidad.

Aunque rompiera las condiciones del contrato que él mismo había acordado.

–Naomi, no puedo darte muchos detalles, pero siento no haber sido sincero sobre lo de Candice.

–No importa –negó con la cabeza.

–Creo que sí importa.

Naomi tragó saliva y miró a Ava, que estaba feliz ajena a todo lo demás.

–Esto no puede salir de aquí –dijo Abe.

–Solo tiene dos semanas –comentó Naomi tratando de bromear–. Si te refieres a mí, no te preocupes, no diré nada.

–Eso lo sé. En realidad, Candice y yo tenemos un acuerdo, a pesar de que la junta directiva y los periodistas crean que tenemos una relación. No es cierto.

Naomi frunció el ceño. No comprendía nada.

–Fue al hospital a visitar a Ava. Vais a ir juntos al baile…

–Todo por pura apariencia –dijo Abe–. El baile es trabajo y tengo que llevar una pareja.

–¿Todo es mentira?

Él asintió.

–¿Estás diciendo que nunca habéis estado juntos y que nunca te has acostado con ella?

–No. Estuvimos juntos un tiempo. Lo que estoy diciendo es que hace tiempo que ya no estamos juntos. Ya no…

–¿Y ella no siente nada por ti? –preguntó sin mirarlo–. Si le ofrecieras más, ¿no lo aceptaría?

–No es eso –insistió él–. Tenemos un acuerdo.

Naomi ya había oído bastante.

–Abe –le dijo–, ¿podemos no hacer esto?

–Quiero contarte lo que hay.

–Bueno, yo no quiero oírlo.

–Naomi…

–Por favor, Abe, somos muy diferentes. Gracias por tratar de explicármelo, y me alegra que creas que no estabas siendo infiel.

–No lo he sido.

La expresión de Naomi indicaba que ella opinaba de otro modo.

–Mira, te creo cuando dices que tienes un acuerdo y todo eso, pero a mí me parece que va a provocar sufrimiento Y yo nunca haría sufrir a alguien conscientemente. Es una promesa que me hice hace mucho tiempo –lo miró fijamente–. Podía haber ido hacia el otro lado muy fácilmente, Abe. Fui de un sitio a otro y nada resultó muy agradable. Estuve a punto de salirme de mi camino, pero en lugar de ser mala, decidí ser amable. Y por mucho que lo intente, no puedo creer que Candice lo lleve bien.

–Naomi, es cierto. Yo le pago el apartamento y…

–Abe, no quiero oírlo. Pasamos un día maravilloso juntos y nos besamos al final –trató de quitarle importancia–. No lo hagamos más complicado que eso.

–No tiene por qué –contestó él, mirándola fijamente. Ella tuvo que luchar para no inclinarse hacia él.

Para perdonar y olvidar o, al menos, para fingir que así era.

Naomi agradeció que estuviera Ava, ya que, sin ella, era posible que hubiera cedido ante la tentación.

–Por favor, Abe, puede que tú lo tengas muy claro, pero para mí todo es demasiado desagradable.

Abe permaneció mirándola mientras ella hablaba.

Naomi estaba a punto de llorar y no quería que él la viera, así que decidió levantarse.

–¿Puedes sujetar a Ava un momento, por favor?

–¿Disculpa? –dijo Abe, con la mente en otro sitio.

Sus palabras le habían sentado como un puñetazo en el estómago, pero disimuló.

–Tengo que ir al baño y si la dejo en otro sitio empezará a llorar.

Abe nunca había tenido a Ava en brazos.

Ni una sola vez.

Estiró los brazos y cuando Naomi le entregó a la pequeña, sintió que era muy ligera.

Naomi desapareció y lo dejó con el bebé.

Un bebé tan pequeño.

Él sabía que Ava estaría bien.

Abe había pasado su infancia cuidando de su hermano y, después, manteniendo la imagen falsa que Ethan tenía de su madre.

Decidió que algo debía haber hecho bien, porque al parecer, Ethan era más capaz de amar que él.

La conversación que había tenido con Naomi permanecía en su cabeza.

Abe nunca había visto su vida desde fuera y, hasta entonces, nunca le había importado lo que los demás pensaran.

No obstante, sí le preocupaba lo que pensara Naomi.

Si al menos le dejara darle una explicación

Candice y él habían llegado a un acuerdo hacía mucho tiempo, cuando se separaron por primera vez.

O más bien cuando él terminó la relación.

Abe recordó cómo Candice le había suplicado que no la dejara y cómo la junta directiva se enfadó por haber sido tan insensato. Había sido Candice la que sugirió que mintieran y fingieran que habían vuelto. Si ella podía aparentar que lo había perdonado, el resto lo perdonaría también.

Y había funcionado.

Durante dieciocho meses había vuelto a ser respetable.

Por supuesto, a veces lo habían pillado, pero con

cada aventura pasajera, Candice había ofrecido una imagen de estabilidad.

A pesar de sus intentos para justificarse, Abe miró a su sobrina y pensó en la pregunta que le había hecho Naomi el día que nació la pequeña.

«¿Qué clase de tío quieres ser?».

Este no.

Así que, mientras Abe rebuscaba en el fondo de su alma, Naomi se miraba en el espejo del baño y se hacía una pregunta parecida acerca de qué clase de mujer era.

Quería creer a Abe. Eso lo tenía claro y no había nada inapropiado en el beso que habían compartido. Sí, Naomi quería creerlo porque, simplemente, deseaba pasar más tiempo entre sus brazos.

Quería regresar a su lado y decirle que tenía libre el viernes por la noche, y que quizá podían ir a ver las luces de Navidad. Que posiblemente podían continuar donde lo dejaron.

No obstante, lo que le había dicho a Abe era verdad, su acuerdo con Candice le resultaba muy desagradable.

Se lavó la cara y, después de secarse, respiró hondo antes de regresar al estudio. La pequeña Ava estaba dormida en brazos de Abe. Cuando ella entró, Abe levantó la cabeza, sonrió y se cubrió los labios con un dedo.

—Has conseguido que se duerma.

—¿No es eso lo que hacen los bebés? —preguntó Abe.

—Este no. Creía que se iba a quedar despierta hasta las dos. Puede que incluso yo consiga dormir una hora.

—¿Vas a llevársela a Merida?

–No. Ava pasará la noche conmigo –estiró los brazos para sostenerla, pero cuando Abe se movió, Ava frunció el ceño.

–Ya la llevo yo.

Subieron las escaleras y entraron en la habitación de Naomi. Allí había una cuna para la pequeña Ava. Él la acostó con mucho cuidado y la cubrió con una sabanita.

Después, se volvió para mirar a Naomi.

Ella deseaba estar entre sus brazos. Sentía que podían flaquearle las piernas en cualquier momento y derrumbarse hacia él.

Si eso sucedía, Abe la agarraría.

La abrazaría, la besaría, y la llevaría a su dormitorio.

Se deseaban el uno al otro.

Eso lo sabía, aunque fuera inexperta.

Y no solo era el tema de Candice lo que hacía que se contuviera.

Él provocaba que se derritiera con su mirada, hacía que su mundo brillara y no podía imaginarse estar sin él.

No podría continuar con su vida cuando él terminara la relación.

Y sería él quien la terminara, de eso estaba segura. A juzgar por lo que habían leído en internet, ella acabaría con un corazón roto en Nueva York, donde se suponía que iba a estar hasta final de enero.

«Olvídate», pensó.

Con un solo beso ya estaba enamorada.

Así que, en lugar de inclinarse hacia él como su cuerpo le pedía, sonrió y dijo:

–Gracias –le dijo, como si fuera Barb y acabara de llevarle un montón de ropa de Ava recién lavada.

—De nada —dijo él—. Buenas noches.
—Buenas noches, Abe
Era mejor así.
¿Seguro?

Capítulo 6

NAOMI no volvió a ver a Abe.

Ava se despertó a las dos y ella vio que había luz en una habitación del final del pasillo.

Cuando Naomi se despertó a las seis y llevó a Ava hacia las escaleras, Naomi percibió el aroma de la colonia de Abe y supo que se había duchado y marchado.

Debía sentirse aliviada, sin embargo, no era así. La noche siguiente, estuvo pendiente por si oía un crujido en la escalera que indicara que él había regresado a casa.

Nunca ocurrió.

Llegó el viernes. Era su día libre y, cuando Naomi bajó a la cocina, Barb le dijo que debería haberse quedado en la cama.

–Pensaba subirte el desayuno. Solía hacerlo con la otra niñera cuando era su día libre.

–No desayuno –le recordó Naomi a Barb, al mismo tiempo que agarraba una pasta y se miraban con complicidad. Ambas sabían que había mentido.

–Puedes desayunar en la cama el día de tu cumpleaños. Merida me ha dicho que es dentro de poco. Te prepararé mi especialidad.

– ¿Y cuál es tu especialidad? –preguntó Naomi, relamiéndose–. Estoy deseando probar el salmón ahumado.

–¿Aprecias tus riñones? –preguntó Barb, y Naomi se rio.

–Me encanta la sal.

–Hmm –Barb no estaba tan segura–. Esta noche tendrás que prepararte la cena, ya que tenemos la cena de Navidad de los empleados. Deberías venir –insistió Barb–. Es en Baraby's. Jobe invita a todos sus empleados allí cada año. Normalmente él también asiste –miró a Naomi con inquietud–. ¿Sabes cómo se encuentra?

–En realidad, no –dijo Naomi. Abe le había dicho que Jobe había dejado el tratamiento, pero como había sido una conversación personal no quería que le preguntaran los detalles. Por eso, había rechazado la oferta de ir a la cena–. Sé que no ha estado comiendo.

–¡Eso ya lo sabemos! –soltó Barb–. Lo siento –añadió rápidamente–. Es un infierno no saber más datos. A veces pillo pedazos de conversación, pero nadie nos cuenta nada.

En ese momento entró Merida, con el cabello recién lavado y mucho más descansada. Barb se puso en modo ama de llaves y le preguntó a qué hora tendría el equipaje preparado para llevarlo al hotel.

–Ethan va a esperarme en el hotel –dijo Merida–. Sobre las cinco estaré lista para marcharme. ¿Te da tiempo a preparararte para tu fiesta?

–Por supuesto –asintió Barb.

Naomi se fijó en que no le preguntó a Merida si había novedades acerca de Jobe.

Hacía un día precioso y frío. Abrigaron a Ava y se dirigieron a un café. Dos amigas compartiendo un día estupendo.

–Pensaba que querías hacer el crucero por el río en tu día libre –dijo Merida.

–Lo voy a hacer después de Navidad –dijo Naomi, mientras ponía mantequilla en una rebanada de pan de jengibre–. ¿Tienes ganas de salir esta noche?

–Sí –sonrió Merida–. Aunque no estoy segura de que a Ethan le apetezca, teniendo en cuenta que tiene que mediar entre Abe y Khalid.

–¿Abe va a ir? –preguntó Naomi con naturalidad.

–Al parecer sí. Han quedado en la oficina y desde ahí van a la cena. Me alegra no tener que acompañarlos. Ava y yo nos quedaremos viendo la tele.

Naomi se rio.

Al parecer, aunque Abe no había cedido, Khalid tampoco había cumplido la amenaza de cesar la construcción.

–Puedes dejarla conmigo –le recordó Naomi a Merida, confiando en que Merida no aceptara su oferta porque había hecho planes para no pensar en Abe. Por suerte, Merida rechazó la oferta.

–Sé que te la quedarías, pero me apetece ver cómo me las arreglo sin ayuda –dijo Merida con una sonrisa–. Estás bienvenida si quieres venir. Ethan puede reservar una habitación para ti

–No voy a acompañarte a tu noche especial.

–No es una noche especial. Solo espero que Ethan pueda ayudar a calmar la situación. Abe ha estado a punto de hacer peligrar todo el proyecto –dijo Merida–. Debería haberlo hablado con Ethan en su momento, en lugar de negarse a continuar con las conversaciones.

–Entonces, ¿debería haber asomado la cabeza por la puerta mientras dabas a luz? –Naomi no sabía de qué asuntos se trataba, pero no pudo evitar salir en defensa de Abe.

–Supongo –bromeó Merida–. ¿No te animas?

–No.

–Entonces, ¿qué vas a hacer esta noche? Tendrás la casa para ti sola ya que los empleados estarán en su fiesta de Navidad.

–Lo sé –Naomi dudó un instante, preguntándose si debía contarle que los empleados estaban preocupados por Jobe, pero como sabía que no era Merida la que debía contárselo, decidió seguir hablando–. Barb me ha preguntado si quiero acompañarlos, pero he pensado que igual me voy a ver un espectáculo de Broadway.

–¿Sabes qué te apetece ver? Puedo sacarte la entrada

–Ya la he comprado –dijo Naomi.

–¿Qué vas a ver? –preguntó Merida, y vio que Naomi se sonrojaba–. Vas a ver *Night Forest*, ¿no?

–Sí. Es que te he oído hablar tanto de ella que quiero verla. No creí que pudiera conseguir entrada, pero parece que a última hora a veces es más fácil conseguirla. No te importa, ¿verdad? –le preguntó. Sabía que Merida estaba muy triste por no haber podido representar el papel de Belladonna.

–Me habría disgustado hace unos días –admitió Merida–. No tanto que tú vayas a verla, sino oír el nombre, pero ahora soy feliz de estar con Ava. Además, no significa que sea el final de mi carrera. He hablado con Ethan y voy a intentar volver a trabajar cuando Ava sea un poco mayor.

–¿Media jornada?

–Es pronto para pensar en ello, pero me alegro de que Ethan me haya apoyado.

Era extraño, pero, en momentos así, Naomi se sentía sola.

Y no era porque Merida y Ethan fueran felices, o

por Abe… No tenía nada que ver con tener pareja. Se trataba de tener una familia y alguien que la apoyara de forma incondicional.

Era lo que Naomi echaba de menos.

Aunque no lo decía, ni lo demostraba.

—Me gusta la idea de que vayas a verla. Sabine, mi suplente, hace de Belladonna. Ya me contarás qué te ha parecido. Ethan ha ido dos veces y solo ha conseguido ver la mitad —la primera vez, fue al estreno y gracias a que Merida no salió a escena, se enteró de que estaba embarazada. La segunda vez, Merida se puso de parto.

—Bueno —dijo Naomi—. Yo espero verla entera. Mañana te contaré qué me ha parecido.

El día pasó deprisa y por la tarde, Ethan apareció en la casa de forma inesperada para recoger a su esposa y a su hija.

Era tan agradable con Merida y la pequeña Ava que a Naomi se le encogió el corazón al verlos tan felices antes de marchar para pasar su primera noche fuera de casa.

Naomi había pasado la tarde ayudando a Merida a prepararse, así que, cuando Merida se marchó apenas tuvo tiempo de darse una ducha y vestirse.

La mayor parte de su ropa era de trabajo, y solo tenía un par de vestidos para salir. Uno solía ponérselo para los bautizos y cosas así, pero era demasiado fresco. El otro era negro y muy bonito, pero puesto que había ganado un poco de peso, el escote le quedaba un poco ajustado.

«Es lo que hay», decidió. Llevaría el abrigo rojo nuevo y dentro del teatro no se quitaría el pañuelo.

Naomi se maquilló antes de ponerse el vestido y trató de sonreír al mirarse al espejo. Después de todo, ¡era su día libre y se iba al teatro!

Estaba emocionada.

Bueno, no tanto.

Aunque no quería admitirlo.

Desde la otra noche sentía cierto vacío en el pecho. Un vacío que no quería analizar porque si lo hacía podía derrumbarse y llorar.

Solo había sido un beso. Se repetía como un mantra.

No obstante, Abe era el único hombre que la había besado. Y lo peor era la sensación de que la otra noche los había decepcionado a los dos. Él había intentado hablar, pero ella se había sentido incapaz de escuchar.

Cuando se dirigió al piso de abajo, el resto de los empleados estaban preparados para marcharse.

—Estás muy guapa —le dijo Naomi a Barb.

—Yo puedo decir lo mismo de ti. Es extraño ir a la fiesta sin Jobe. Quizá el año próximo.

Naomi no dijo nada.

Cuando se marcharon, Naomi pidió un coche para ella. El teléfono de los empleados estaba sonando en la cocina, pero lo ignoró. Después de todo, no sería para ella.

Cuando fue a sacar el abrigo del ropero, se acordó del día que había pasado con Abe y ocultó el rostro contra la tela. Le pareció percibir su aroma en ella. Un toque de bergamota cerca del cuello. Era el aroma que había percibido cuando la besó. El mismo aroma que había notado en el pasillo la mañana que él se marchó al amanecer.

Al oír el teléfono otra vez, pensó en Jobe y decidió contestar.

–Casa de la familia Devereux.

–¿Naomi?

Ella cerró los ojos al oír la voz de Abe.

–Sí.

–¿Está Barb ahí?

–Han salido todos. Hoy es la cena de los empleados –le recordó.

–Claro –suspiró él–. No importa.

–¿Está todo bien? –no pudo evitar preguntar–. ¿Jobe?

–Está bien –dijo Abe–. Bueno, ahora que se ha quitado la medicación de pronto tiene mucha hambre y ha empezado a comer. También ha empezado a hablar mucho. A recordar, supongo.

–Pensaba que… –Naomi tenía entendido que Abe debía estar con Ethan y Khalid, pero al parecer había decidido pasar la noche con su padre. No era asunto suyo.

–Hay una foto que le gustaría ver. Iba a pedirle a Barb si podía buscarla y decirle a Bernard que la trajera

–Yo puedo llevarla.

–¿Lo harías?

–Por supuesto. ¿Dónde está la foto?

–En la escalera principal –dijo Abe, y oyó el sonido de sus tacones al caminar–. ¿Ibas a salir?

–¿Por qué lo preguntas?

–Oigo los tacones.

–Sí, voy a salir –contestó Naomi sin darle más información.

–¿Dónde vas?

–¿Por qué?

–Tengo curiosidad.

–Estoy en la escalera.

—Muy bien, más o menos hacia la mitad hay una foto de Ethan comiendo pizza conmigo.

—Hay una en la que salís los dos en un yate, y una tuya…

Había muchas fotos y entre ellas vio una a la que él hizo referencia la otra noche. Ethan era un bebé y Abe estaba sentado en las rodillas de su padre. Elizabeth miraba al bebé recién nacido que tenía entre sus brazos. Era una foto que transmitía felicidad, aunque no fuera cierto.

—Está a media escalera –dijo Abe.

—La tengo.

Era preciosa. Abe estaba muy serio, pero más relajado que en las otras y Ethan sujetaba un gran pedazo de pizza en la mano. Jobe tenía los ojos entrecerrados por el sol.

—Ahora te la llevo –dijo Naomi.

—¿Estás segura de que no te importa? Puedo esperar fuera sin tienes que ir a algún sitio Quiero decir, si tienes una reserva o has quedado con alguien.

—No hay problema –dijo Naomi, mostrándose evasiva. Era evidente que él quería saber a dónde se dirigía.

Pues podía seguir adivinándolo.

Naomi salió de casa con mucho tiempo por delante. Había pedido el coche con antelación por si la nieve complicaba el tráfico, pero no fue así.

Nada más subir al coche, en lugar de pedir que la llevaran al área privada del hospital, Naomi recordó lo que Abe había dicho acerca de que su padre estaba comiendo más y decidió hacer una parada antes.

—¿Podría dar un rodeo de camino al hospital? Quiero comprar un *pretzel*.

—¿De dónde? –preguntó el conductor.

–Del primer carro que veamos.

No tardaron mucho en encontrar uno, así que, Naomi llegó enseguida a la habitación de Jobe. Abe sintió que su llegada era como una racha de aire fresco.

–Hola, Jobe –sonrió Naomi, y se acercó a la cama–. Soy Naomi, la niñera de Ava y la amiga de Merida –Jobe asintió–. Me alegro de verte otra vez.

–¿Ya estoy en el cielo? –preguntó él–. ¿Qué es ese olor?

–Te he traído un *pretzel*.

Y daba igual si no podía comérselo, solo el olor lo hizo sonreír.

–¿Adónde vas? –le preguntó Jobe.

–Es un secreto –contestó Abe–. No tenemos permiso para preguntar.

Entonces, él miró a Naomi y ella sonrió. Habían estado bromeando y coqueteando, aunque ella no quisiera admitirlo.

–Jobe sí puede preguntar –dijo Naomi–. Voy a ver *Night Forest*. La obra en la que tu nuera…

–La he visto –dijo Jobe–. Será una noche mágica. ¿Quién es el afortunado?

–Jobe, ¡apenas llevo tres semanas en este país! Y estoy trabajando.

–Esta noche no –dijo Jobe, fijándose en su maquillaje y en los zapatos de tacón–. ¿Dónde están Merida y Ethan?

–Han salido con Khalid –dijo Abe–. Elegí saltarme la cita, aunque me estén pitando los oídos.

–Has corrido un riesgo –Jobe frunció el ceño.

–Alguien tenía que hacerlo –Abe se encogió de hombros.

–Bueno, deberías haber hablado conmigo al res-

pecto —insistió Jobe—. No es que él soliera venir a pe-
dirme consejo —dijo mirando a Naomi. Ella se rio. Y
Jobe sonrió—. ¿Sabes qué? Mientras estés aquí deberías ir al baile de Navidad de los Devereux. Es la mejor noche del año.

—Trabajo.

—¡Bah! —dijo Jobe—. Creía que Merida había dicho
que no quería una niñera —Jobe miró a su hijo—. Tú
podrías llevarla. Ethan estará allí con Merida

—Deja de interferir —dijo Abe con dureza.

—Solo era un decir.

—Basta.

Naomi miró a Abe y forzó una sonrisa. No podía
culpar a Jobe. Estaba un poco confuso y solo trataba
de ser amable, pero había empeorado una situación
que ya era extraña.

—Tengo que irme, Jobe —dijo Naomi—. Cuídate.

Y cuando ella se marchó, Abe le dijo a su padre,
señalándolo con el dedo:

—Ni se te ocurra.

—¿El qué?

—Sugerir que lleve a alguien a la fiesta.

—Solo va a estar aquí unas semanas. Merece pa-
sarlo bien una noche

—Nunca te he pedido consejo o ayuda acerca de mi
vida amorosa, y no voy a empezar ahora.

—Yo no he hablado de amor —dijo Jobe—. Solo he
hablado de llevar a la chica al baile. Es muy simpática.

Abe no dijo nada.

—¿Recuerdas cuando te compraba uno de estos
para calentarte las manos? —dijo Jobe.

—Claro.

—Incluso entonces nunca me contabas lo que pen-
sabas. Podías haber confiado en mí, Abe

–Ahora lo sé.

–¿Y por qué no lo hiciste? –dijo Jobe–. Sé por qué, incluso entonces no confiabas en nadie.

Abe se quedó unas horas en el hospital. Trabajando mientras su padre dormitaba y charlando cuando se despertaba.

–No me gusta ese asunto con Candice.

–No te preocupes ahora por eso.

–Me preocupa.

–Pues no debería. Esta tarde he terminado con ella.

–¿Y cómo se lo ha tomado?

–No muy bien –decidió sincerarse con su padre.

–No me fío de ella, Abe.

–Eres un Devereux y, como bien has dicho, no confiamos en nadie –repuso Abe–. No te preocupes por ello.

Y Jobe dejó de preocuparse por Candice y se recostó en las almohadas, miro el *pretzel* y recordó la infancia de sus hijos.

–Una chica simpática –dijo, justo antes de quedarse dormido.

–Lo es –admitió Abe.

Para Abe, ese era el problema.

Ella era tan simpática que él no podría volver a comerse un *pretzel* sin pensar en el día que Naomi y él habían pasado juntos y en el regalo que esa noche les había hecho a su padre y a él. Aquel *pretzel* había provocado que ambos evocaran montones de recuerdos.

Capítulo 7

LA CHICA simpática se sentía sola, sentada en aquel teatro tan lleno.

Bueno, sola no. El sitio estaba disponible porque pocas personas van al teatro solas, así que Naomi se encontró sentada en la única butaca que quedaba junto a una gran familia feliz, escuchando sus planes de Navidad y Año Nuevo. Sí, ese año ella lo pasaría con su querida amiga, y la persona más cercana que tenía en su vida.

No obstante, era la primera navidad que Merida pasaría con Ethan y con Ava.

Naomi sabía que por muy amables y acogedores que fueran, ella se sentiría un poco aparte.

Merida haría lo posible por asegurarse de que Naomi se sintiera incluida, pero esa noche se sentía así, sola en un mundo lleno de parejas.

En el momento en que se apagaron las luces y pudo perderse en otro mundo, se sintió aliviada.

La obra era sobrecogedora, tanto que Naomi olvidó que los pájaros eran actores. No obstante, cuando apareció Belladonna, Naomi recordó que era el papel de su amiga. Cuando oyó cantar a Sabine y se percató de lo complicado que era el papel, comprendió lo talentosa que era su amiga.

Se sentía orgullosa de Merida, pero esa noche, sentada junto a aquella familia, Naomi se sentía muy pequeña. Alguien insignificante. Y bastante sola en el mundo.

Al salir, tardó mucho tiempo en conseguir un taxi y tuvo que caminar bastante hasta que por fin se encontró sentada en la parte de atrás de un coche, deseando llegar a casa.

La iluminación navideña era impresionante y el trayecto era la versión nocturna del paseo que había dado con Abe. Sin embargo, en esa ocasión, al pasar por el Rockefeller Center estaba sola.

Y al ver las luces de las tiendas de la Quinta Avenida, comenzó a llorar.

Odiaba sentir lástima de sí misma, pero esa noche no podía evitarlo.

Era culpa suya y lo sabía.

Podía haber estado con Abe esa noche.

Naomi estaba segura de ello.

Hacer lo más adecuado era lo más difícil.

Entonces, sucedió algo muy agradable. El conductor le alcanzó un rollo de papel de cocina para secarse las lágrimas.

–La Navidad hace que todo sea más difícil –le dijo.

–Es cierto –convino Naomi, y continuó llorando.

El hombre le habló de su esposa y de cómo la echaba de menos, tanto que había elegido trabajar en el turno de noche. Era el taxista más amable del mundo.

–¿Trabaja para la familia Devereux? –le preguntó al llegar a la casa.

–Así es –asintió Naomi.

Se bajó del vehículo y metió la llave en la cerradura. Se disponía a marcar el código cuando Abe se colocó a su lado y marcó los números.

–Has estado llorando.

–No, solo tengo frío.

–Debe ser la noche –dijo Abe–. Barb acaba de decirme lo mismo, pero en tu caso creo que no tiene que ver con el frío.

Naomi no se molestó ni en quitarse el abrigo y se dirigió hacia las escaleras. Estaba ya a la mitad cuando él habló:

–Lo siento –dijo Abe. Y aunque era la primera vez que se disculpaba en su vida, no le salió bien.

–¿Por qué? –dijo Naomi, y se giró.

–Por disgustarte –dijo Abe–. Por no haberte dicho lo de Candice.

–¡No todo tiene que ver contigo, Abe!

Estaba furiosa, no solo con él sino también consigo misma, porque por supuesto él era parte del motivo por el que estaba llorando.

–Eres muy arrogante. ¿No se te ha ocurrido pensar que puedo tener otros motivos por los que pensar?

Abe permaneció allí, algo inusual. Habitualmente solía dar la espalda a las mujeres dramáticas.

–La Navidad es dura para algunas personas. Aunque tú no la celebres. Y no, Barb no estaba llorando por el viento –se calló porque no le parecía bien contar lo que le pasaba a Barb–. Lo creas o no, no lloraba por ti –lo miró fijamente antes de darse la vuelta para dirigirse a su habitación sin darle las buenas noches.

«Maldito seas Abe, por haberme visto llorar».

Ella se quitó el abrigo y se sorprendió cuando llamaron a la puerta.

–¿Naomi?

–Márchate –le dijo.

–No puedo –contestó él–. No sin comprobar que estás bien.

Ella abrió la puerta y lo miró enfadada.

–Ya ves que estoy bien –se fijó en que él sujetaba una botella de champán y dos copas–. No estoy de humor para celebrar.

–Está bien –dijo él–. Yo tampoco.

Sin embargo, no hizo ademán de marcharse.

–¿Por qué debería hablar contigo? –dijo Naomi.

–Porque tenemos mucho de qué hablar.

–No quiero escuchar tus excusas.

–Bien –dijo Abe–, porque no suelo excusarme.

Él la hizo sonreír. Y, como en realidad, ella sí quería escuchar lo que tenía que decir, abrió la puerta y lo dejó entrar.

Una vez en el salón, Naomi se sentó en el sofá y lo observó servir el champán. Abe se fijó en que a ella le temblaba la mano al agarrar la copa y en cómo se separaba una pizca cuando él se sentó a su lado.

–¿Qué le pasa a Barb? –preguntó él.

Naomi tragó saliva.

–No debería haber dicho nada.

–Demasiado tarde.

–Barb está preocupada, todos lo están. No saben lo que está sucediendo. Además, están tristes, y esperanzados al mismo tiempo. Hoy me ha dicho que esperaba que Jobe pudiera acompañarlos en la cena del año que viene. Sé que para ti solo son empleados, pero…

–Sobre todo –dijo Abe–, son los empleados de mi padre.

–Lo sé.

–Cuando Jobe entró en el hospital fue para recibir tratamiento. Ha sido hace pocos días cuando ha aceptado que está terminal –se quedó en silencio unos instante–. Yo todavía no lo he hecho.

Naomi tragó saliva y se sintió terriblemente pequeña.

–Aunque estoy empezando a aceptarlo –admitió Abe–. Quiero que siga luchando.

–Debe ser muy duro dejarlo marchar.

Abe asintió.

–Siempre pensé que tendríamos más tiempo para solucionar cosas… –no le dio detalles porque tenía la sensación de que ella comprendía a qué se refería–. Hablaré con ellos –dijo Abe–. Como un estúpido pensé que sería mejor esperar hasta después de Navidad

–Lo siento –dijo Naomi–. No debería haber dicho nada.

–No, me alegro de que lo hicieras. Yo me ocuparé.

Ella asintió, confiando en que hubiera terminado la conversación.

–Gracias –dijo ella, e hizo ademán de levantarse.

Para despedirse de él.

Para decirle adiós.

No obstante, Abe la sujetó por la muñeca y tiró de ella para que se sentara de nuevo.

–¿Por qué llorabas?

–Ya te lo he dicho –dijo ella, y retiró el brazo.

–No. Creo que era algo más aparte de lo de Bernard y Barb y, me has dejado claro que no era por mí. Así que, ¿por qué llorabas?

–¿Por qué te importa?

–No estoy seguro –admitió–. Me importa.

–Porque nunca estaré en Broadway –contestó ella.

–¿Tú también? –preguntó él–. Pensaba que ese era el sueño de Merida

–No –sonrió– .Es más de lo que nunca llegaré a ser. El único talento que tengo es dormir bebés.

–Sin embargo, hay montones de madres que desearían tener tu talento. Además, creo que tienes talento para muchas otras cosas.

–No creas.

–Por ejemplo, para llegar a casa de unas personas en un momento complicado y mejorarles la vida a todos. Desde luego, aquí lo has hecho.

–Gracias –Naomi no sabía qué decir–. Creo que solo estoy cansada.

–Por supuesto que lo estás –dijo Abe–. Te levantas para cuidar del bebé de otros todas las noches.

–Es mi trabajo, y resulta que me encanta. Aunque he tenido un año muy ocupado –admitió Naomi–. En verano acepté otro trabajo cuando debía tener vacaciones, pero era una familia que tenía su segundo hijo y yo había cuidado del primero. Después, justo antes de Ava, estuve cuidando de unos gemelos. No he tenido descanso. Estoy segura de que dentro de unas semanas estaré bien. Después de esto me tomaré bastante tiempo libre –dijo Naomi.

–¿Cuánto?

–Todavía no me he comprometido con nadie. A propósito –no le había contado sus planes a nadie–. Creo que ha llegado el momento de encontrar un lugar un poco más permanente para vivir. Cuando lo haga, quizá empiece a trabajar más localmente –negó con la cabeza–. No estoy segura. Solo quiero… –no terminó la frase para no ponerse a llorar otra vez, pero ambos sabían que solo quería un hogar–. No sé por dónde empezar a buscar –admitió Naomi–. He vivido en tantos sitios.

–Lo sabrás cuando lo encuentres –dijo Abe –. Yo tuve un apartamento no muy lejos de aquí. De hecho –dudó un instante. Era el apartamento en el que vivía Candice, pero nunca habían vivido juntos allí y no era relevante–. De hecho, todavía lo tengo. Está en Madison.

–Bonita zona –dijo Merida.

–Quizá, pero resulta que también está a diez minutos de la casa de mi padre y a cinco minutos del trabajo –no sabía cómo explicar lo agobiado que se sentía en Upper East Side un lugar exclusivo y de dinero–. Quería alejarme. Encontré el apartamento de Greenwich Village y enseguida supe que era allí donde quería vivir. Aunque cuando Jobe se enteró, cualquiera pensaría que me había mudado a los suburbios.

Naomi se rio.

–Necesitaba un lugar que no estuviera relacionado con el apellido Devereux. Y que fuera mío. Es más relajado comparado con esto –comentó–. Jobe decía que me había comprado un montón de problemas y reconozco que la reforma llevó algún tiempo

–¿La hiciste tú?

–No, pero cuando entro por esa puerta, me siento en casa. Es lo que tú necesitas.

Ella asintió.

–Cuando voy a comprarme algo siempre pienso si me cabrá en la maleta o si tendré que guardarlo en un trastero.

–No durante mucho más tiempo –dijo él.

Ella asintió, aliviada por haber revelado su pensamiento.

–¿Cómo conociste a Merida? –preguntó Abe–. ¿Al compartir casa?

–No. Estuvimos en la misma escuela un año –dijo Naomi–. Después yo me marché, pero seguimos en contacto. Ella quería ser actriz y yo enfermera pediátrica, pero la profesora decía que ambas estábamos soñando.

–¿Por qué? Entiendo que pudiera decirlo sobre lo de ser actriz, pero…

–Yo iba muy mal en la escuela –dijo Naomi–. Parecía imposible que pudiera sacar la nota que pedían para estudiar Enfermería.

–Parece que no tuviste una escolarización muy estable –le sujetó el rostro con las manos y le secó las lágrimas que empezaban a rodar por sus mejillas una vez más–. Escucha, estoy seguro de que si lo que quieres es ser enfermera, puedes hacerlo.

Naomi negó con la cabeza. Era como si todo el dolor que contenía en su interior hubiese querido salir de golpe.

–Ya no sé lo que quiero –admitió.

Aunque no era del todo verdad. En ese momento, deseaba que él la besara.

¿Era a él a quien deseaba?, se preguntó Naomi. ¿O solo deseaba contacto físico?

Y cuando él la miró a los ojos, tuvo clara la respuesta.

Ella negó con la cabeza y él supo que estaba pensando en lo de Candice.

–Lo hemos dejado.

–¿Abe?

–Ha terminado –dijo él–. Anoche se lo dije a ella y esta noche se lo he dicho a mi padre.

Fue suficiente.

Él la besó en la mejilla, sobre las lágrimas, y ella cerró los ojos. Sus labios eran delicados y, al besarla en la boca, ella percibió el sabor de sus lágrimas. Era un beso que hacía que todo pareciera mejor, aunque por la mañana todo pudiera parecer peor.

Abe introdujo la lengua en su boca y comenzó a juguetear en su interior. Ella sintió frío en la espalda y se dio cuenta de que él le había bajado la cremallera del vestido para acariciarle la piel.

Abe deseaba llevarla a la cama, pero no trató de levantarse porque quería besarla un poco más.

Para Abe, las noches de besuqueo en el sofá no eran habituales, pero se encontró bajándole el vestido para acariciarla.

–Abe –ella también quería acariciarlo y trataba de desabrocharle la camisa al mismo tiempo que él le desabrochaba el sujetador.

Abe inclinó la cabeza y le cubrió el pecho con la boca. Ella cerró los ojos y disfrutó cuando él jugueteó con su pezón turgente. Al sentir que Naomi deseaba más, Abe volvió a besarla en la boca. La miró y deseó sentirla desnuda bajo su cuerpo. La besó de nuevo y presionó su cuerpo contra el de ella.

Naomi le retiró la camisa y le acarició la espalda. Era su segundo beso y ambos estaban atrapados por el deseo. Abe, la presionó con las caderas y entrelazaron las piernas. Ella se dejó llevar por el instinto, cubriendo así su falta de experiencia.

Notó que él le levantaba la falda del vestido y no le importó. Después, él colocó la mano entre sus cuerpos y se desabrochó el cinturón.

–Abe…

Su voz le recordó que ella era virgen, ya que su cuerpo lo había olvidado. De pronto, notó que ella le cubría el miembro con la mano.

–Oh –ella se estremeció, sorprendida por la suavidad y la fuerza que transmitía.

Estaba al borde de algo que nunca había experimentado, así que Abe la besó de forma apasionada para que no perdiera el rumbo.

Ni siquiera la estaba poseyendo. Naomi estaba medio vestida y tenía las bragas puestas, pero él presionaba su miembro contra su entrepierna y ella arqueaba el cuerpo contra el de él.

Abe le agarró las manos y se las sujetó por encima de la cabeza sin dejar de besarla. Durante un instante, ella lamentó ser virgen, ya que, si no lo hubiera sido, él la habría poseído.

Abe la habría poseído en el sofá y ella se lo habría permitido. Pensando en ello, al sentir la presión de su cuerpo contra el de ella, Naomi empezó a temblar. Él notó su tensión y sintió el calor de su rostro en la mejilla. La oyó gemir y se contuvo para no acompañarla, convenciéndose de que la espera merecería la pena.

—Vamos —le dijo incorporándose—. Ven a mí.

—Abe...

Naomi no se sentía preparada, y tampoco estaba segura de si llegaría a estarlo algún día.

Naomi tenía corazón.

Se cubrió el pecho con el vestido ya que se sentía un poco avergonzada de estar medio desnuda.

Abe tenía la camisa en el suelo y, aunque se había subido los pantalones, se notaba que seguía excitado. Ella deseaba darle la mano para que la llevara a su cama, pero no quería que ello le provocara sufrimiento durante las siguientes semanas.

—No puedo, Abe —dijo Naomi—. No puedo ser una mera distracción.

—¿De dónde has sacado eso?

—Porque lo soy —respondió Naomi. Sabía que esa noche Abe se sentía mal por lo de su padre y por haber roto con Candice y que ella era una apuesta segura porque al cabo de unas semanas se marcharía.

Y cuando lo hiciera, Abe Devereux se olvidaría de ella.

Mientras que ella se marcharía con el corazón roto.

–Abe, nunca he tenido una relación. Jamás había besado a nadie antes de ti, y por supuesto tampoco me he acostado con nadie.

–¿Y no crees que ha llegado el momento de cambiar eso?

–Me temo que no estás hablando de mantener una relación seria.

–Naomi, se me dan muy mal.

–Entonces, ¿hablas de sexo?

Abe se sentó de nuevo a su lado y la ayudó a meter los brazos en el vestido.

–¿Qué te parece si cuando termines aquí te llevo por ahí?

–¿Por ahí?

–A Cabo.

Ella frunció el ceño. Nunca había oído hablar de ese lugar.

–A Cabo San Lucas –dijo él, y le contó que era una playa privada de arena blanca que tenía en México y que ella merecía conocerla–. Hará un tiempo maravilloso –le dijo–. El agua del mar es cristalina –trataba de convencerla y, estaba tan acostumbrado a conseguir lo que quería con las mujeres que tardó un momento en darse cuenta de que ella negaba con la cabeza.

–¿Y dormiríamos juntos? –preguntó Naomi.

–No –dijo él con sarcasmo–. Dormiremos en habitaciones separadas y haremos locuras por las noches. Claro que dormiremos juntos.

Por un lado, Naomi deseaba aceptar la propuesta, pero tenía una gran herida en el corazón y no se le había llegado a cerrar con el tiempo.

No podía obviar el dolor que había soportado y sabía que podría llegar a sufrir todavía más.

–Entonces, la respuesta es no.

Abe no lo comprendía.

–Ya te he dicho que no se me dan bien las relaciones.

–Entonces, no eres bueno para mí.

Era lo más duro que había dicho nunca, pero sabía que sería ella quien cargaría con las consecuencias.

–Pronto me dirás que te estás reservando para el matrimonio.

Naomi nunca se lo había planteado de esa manera.

–Supongo que sí.

Él la miró sorprendido.

–No sé si alguna vez me sucederá, Abe pero sí, supongo que es lo que estoy esperando. No puedo entregar mi corazón a cambio de pasar una quincena en Cabo San dondequiera…

Aunque deseara hacerlo.

Aunque todo su cuerpo protestara por aquella decisión.

–No pretendo que lo comprendas

Abe no lo comprendía.

Porque la peor parte de su negativa era que el cuerpo de ambos anhelaba un sí.

Había tensión sexual en el ambiente y ella tenía los pezones turgentes y los ojos brillantes después del clímax.

¡Los de él no!

–Siento si… –empezó a decir mientras lo acompañaba a la puerta.

–Deja de disculparte –soltó él.

–Muy bien.

–Buenas noches, Naomi –dijo Abe por segunda vez en aquella habitación.

No obstante, en esa ocasión se despidió de ella con un beso.

Al parecer, eso sí estaba permitido en su mundo de virginidad.

Un beso apasionado que provocó que ella le sujetara la cabeza y lo besara también. Él le agarró una de las manos y se la colocó sobre su miembro erecto.

Después, retiró la boca de la de ella.

Y ella se quedó ardiente de deseo.

Tal y como había sido su intención.

Abe regresó a su habitación y, por primera vez, supo que tenía un deseo para Navidad: quería a Naomi Hamilton en su cama.

¡Suplicándole!

Capítulo 8

BERGAMOTA, salvia, enebro y vainilla.
A la mañana siguiente, Naomi percibió su delicioso aroma en el pasillo.

Ella había bajado tarde a propósito para evitarlo, pero al parecer no lo había conseguido.

Se dirigió a la cocina y vio que la puerta estaba cerrada.

Oía la voz de Abe al otro lado y comprendió que estaba cerrada por un motivo.

Abe debía estar hablando con Barb sobre Jobe.

Naomi regresó al piso de arriba y preparó café en su cocina. Encontró una barrita de cereales en el fondo de su bolsa y decidió que debería conformarse con eso.

Pero no era cierto.

Y no podía esconderse en su habitación para evitarlo.

Merida no regresaría hasta mucho después y no pretendería que ella estuviera esperándola, así que, Naomi decidió salir.

Caminó hasta el parque y, una vez allí, recordó una y otra vez lo que había pasado la noche anterior.

Había sido sobrecogedor.

Literalmente.

Naomi siempre había reprimido esa parte de ella. Se había mantenido alejada de los chicos, y de los hombres, sin embargo, con Abe se había mostrado tal y como era. A pesar de su mala reputación, en todo momento se había sentido segura a su lado.

Lo bastante segura como para ser ella misma.

Pensaba que debía sentirse avergonzada, pero no era así. Se sentía triste por la conversación que estaba teniendo lugar en la casa, y triste por haberse enamorado de un hombre que le daría más de lo que nunca había tenido en su vida, pero que la dejaría sin nada.

Abe ni siquiera le daba esperanzas.

Naomi sabía que si él le hubiera dicho que probaran a ver si funcionaba, nada habría podido sacarla de su cama. Por tanto, en lugar de seguir mirando hacia la casa, decidió avanzar. Mucho mejor que regresar corriendo para decirle que había cambiado de opinión y que sí, que la llevara a San Lucas y le hiciera el amor una y otra vez.

Caminó durante una hora, hasta que se detuvo en el mismo lugar donde se besaron por primera vez, y deseó tener valor para decirle que sí, que aceptaba su propuesta. Deseaba tener valor para disfrutar de una noche loca.

Sin embargo, no lo tenía.

Así que, en lugar de desear lo imposible, se marchó a comprar un perrito caliente.

Esta vez no le sirvió de ayuda.

—Aquí estás —sonrió Barb cuando regresó Naomi—. Estaba diciéndole a Merida que creía que estarías haciendo la excursión por el río.

—No. Fui a dar un paseo —dijo Naomi, y se fijó en la cara de Barb para ver si había estado llorando—. ¿Va todo bien?

—Todo va bien —dijo Barb—. Fue una noche muy agradable.

Naomi subió por las escaleras y se encontró con Merida.

—¿Dónde está Ava?

—Dormida —Merida llevaba una bolsa del hotel y se la entregó a Naomi cuando llegaron a su salón.

—¿Qué es esto?

—Un albornoz de la tienda de regalos del hotel.

Era precioso y de tela suave y gruesa. Pesaba tanto que Naomi pensó en su maleta. Entonces, recordó que no debía pensar en ello en esos momentos.

Pronto tendría una casa. Quizá no le había ido bien con Abe, pero quería decirle lo mucho que la había ayudado la noche anterior.

—¿Qué tal *Night Forest*? —preguntó Merida.

—¡Estupendo!

—¿Y Sabine?

—Terrible —dijo Naomi, y ambas se rieron—. No, estuvo genial, pero sé que tú también lo habrías hecho genial. ¿Qué tal se portó Ava?

—Estuvo un poco gruñona —admitió Merida—. Cuando llegamos allí, Khalid subió a la suite para tomar una copa antes de cenar y ella se portó de maravilla.

—¿Fue tensa la situación?

—¡Para nada! ¿Te puedes creer que Abe se echó atrás?

—¿De veras?

Merida asintió.

—Ni siquiera vino a la cena. Le dijo a Ethan que, en estos momentos, tenía cosas más importantes de las que preocuparse que apaciguar a un jeque —soltó una carcajada—. Tengo entendido que Candice ha entrado en razón y lo ha dejado. Me alegro por ella.

Naomi se preguntaba cuál sería la reacción de Merida si se enterara de lo sucedido.

–Entonces, ¿está todo solucionado? ¿El tema de Oriente Medio?

Merida asintió.

–Eso parece. Incluso Khalid va a quedarse para el baile de los Devereux. Por cierto, aunque salir una noche ha estado bien, me he dado cuenta de que no quiero ir. No estoy preparada, ni física ni mentalmente. Además, es tu cumpleaños y no voy a dejarte sola. Podemos tomar cócteles y ver en directo la…

–Merida –la interrumpió Naomi–, ya sabes que no me gusta hacer nada en mi cumpleaños. No pongas excusas, está bien que no quieras dejar a Ava. Solo tendrá tres semanas.

–Es eso. Y no es solo la noche, son los preparativos y todo lo que conlleva. Quiero quedarme en casa con mi bebé. Espero que Jobe lo comprenda.

Eso mismo quería Abe.

Salió del despacho a mediodía y poco después entró en la habitación del hospital. Su padre estaba recostado sobre unas almohadas y mirando por la ventana. Abe se preguntaba en qué estaría pensando y permaneció mirándolo un instante.

–Jobe –Abe esperó a que su padre lo mirara con una sonrisa–. ¿Crees que podrás resistir un poco más?

Jobe se rio cansado.

–¿Y para qué?

–Porque necesito tu consejo.

–Bueno se dice que si vives lo suficiente llegas a verlo todo –respondió–. ¿Qué es lo que quieres?

–Creo que me vendría bien algo de consejo. Me parece que tienes razón y que debería llevar a Naomi al baile. Merece pasar una noche especial.

–¿Y qué es lo que te hace dudar?

–No estoy seguro de si aceptará –no le contó por

qué–. Y aunque lo hiciera, estoy seguro de que Ethan y Merida la convencerían para que no acepte. Querrán que se quede de niñera.

–Bueno, Ethan acaba de marcharse y me ha dicho que Merida no está preparada para un baile de gala –le guiñó el ojo–. Les diré que es idea mía y así no discutirán –le dio una palmadita en la mano a su hijo–. Estoy seguro de que se nos ocurrirá un buen plan.

Y así fue, aunque tardaron unos días en prepararlo y decidieron que lo mejor sería no contárselo a Ethan y a Merida hasta la noche del baile.

Y, desde luego, no contárselo a Naomi para que no pudiera pensar miles de excusas para no ir.

Debía ser una sorpresa.

–Evítala hasta el día del baile –le recomendó Jobe.

Abe lo intentó y trató de mantenerse ocupado. Curiosamente, Jobe empezó a estar más animado y a querer saber todos los detalles de la organización.

Fueron unos días muy ocupados.

Aunque no siempre agradables.

Candice no se había tomado bien la ruptura y Abe tuvo que reunirse varias veces con su abogado.

Estaba en el despacho mirando por la ventana y se negaba a que lo presionaran.

–No estábamos casados –comentó–. Era un acuerdo formal.

–Y usted lo está quebrantando.

–Eso está cubierto –repuso Abe–. Hay cláusulas de rescisión –se calló, tal y como había empezado a hacer a menudo.

Desde que Naomi había aparecido en su vida él intentaba hacer lo correcto. Con Khalid, con su padre No obstante, Candice trataba de exprimirlo al máximo y agotaba toda su buena voluntad.

–Puede quedarse en el apartamento seis meses más.

Candice quería quedarse doce meses.

Abe salió del despacho dando un portazo. Se estaba poniendo el abrigo junto al ascensor cuando la vio.

O las vio.

Estaba Merida, Ava en el carrito, y su niñera.

–Hola, Abe –Merida puso una sonrisa forzada–. Hemos venido a presentar a Ava…

Él pasó junto a ellas y Naomi cerró los ojos, preguntándose cómo podía haberse convencido de la bondad de aquel hombre que ni siquiera se paraba a saludar a su sobrina.

En ese momento, Abe se detuvo y le dijo a la pequeña:

–Buenos días.

Asintió mirando a Merida y no le dijo nada a Naomi.

Un gesto que provocó que aumentara el sufrimiento de Naomi. Y encima el día anterior a su cumpleaños.

Jobe le había pedido a Ethan que llevara a Merida y a Ava al hospital esa noche.

–Quiere que todos veamos el montaje que hemos hecho para el baile. Abe también –le había explicado Ethan a Merida, mientras Naomi vestía a Ava.

–Abe lo verá mañana.

–Supongo… –convino Ethan, cambiándose de corbata–. Supongo que quiere que lo veamos juntos.

–¿Jobe ya lo ha visto? –preguntó Merida.

–Todavía no.

Continuaron hablando y, al cabo de un rato, surgió la conversación que Naomi temía que surgiera.

–¿A quién va a llevar Abe al baile?

–A su última adquisición.

Naomi se equivocó al abrochar la ropita de Ava y tuvo que empezar otra vez.

–¿Quién es?

–Soy incapaz de mantenerme al día con los nombres.

Fue un comentario sin más, y cuando Naomi les entregó a Ava, ninguno se percató de que había palidecido.

–No sé cuánto tiempo estaremos –dijo Merida, y se despidió de Naomi con un beso–. Depende de Jobe.

–No regreséis pronto por mí –dijo Naomi–. Puede que me acueste.

Y eso es lo que hizo.

Naomi se quitó la ropa y se sentó en la cama en ropa interior, tratando de no ponerse a llorar.

Abe había continuado con su vida.

No esperaba menos de él.

Y, por supuesto, llevaría a otra mujer al baile.

–De ninguna manera –dijo Jobe.

Estaba mirando el montaje mientras sostenía a Ava en brazos. Merida estaba sentada junto a la cama y sus hijos estaban de pie esperando el veredicto.

–Parece que ya esté muerto. Este lo guardáis para el año que viene y ahora ponéis unas fotos en las que salga bailando.

–El baile es mañana –comentó Ethan.

–Entonces será mejor que os deis prisa –contestó Jobe–, pero antes…

Les contó lo que iba a suceder.

–De ninguna manera –contestó Ethan, y Merida lo miró fijamente.

Abe no esperaba menos de su hermano, quien después de casarse se había convertido en una autoridad moral.

—Rotundamente no —Ethan miró a Abe—. No puedes hacer que él lleve a Naomi al baile.

—¿Por qué no? —preguntó Jobe—. Vosotros no vais y Abe tiene que ir acompañado. Naomi es encantadora. Y, además, mañana es su cumpleaños. ¿Por qué no regalarle una deslumbrante noche de fiesta?

—Es la compañía que tendrá lo que me preocupa —dijo Ethan, negando con la cabeza—. No.

—Así que eres el tipo de jefe que ordena lo que sus empleados deben hacer en su noche libre —comentó Abe—. Suponiendo que tenga la noche libre el día de su cumpleaños.

Abe habló con ironía. No le gustaba que Naomi estuviera trabajando para su hermano, y tampoco que tuviera que contarle que quería salir con Naomi una noche. Sin embargo, sabía que para que funcionara su plan, necesitaba su ayuda.

—Por supuesto que no voy a controlar lo que hace en su noche libre —soltó Ethan—. Solo que no la animaré a que pase tiempo contigo.

—Bueno, creo que lo que necesita es una noche en la ciudad —sonrió Jobe—. Algunas enfermeras de aquí van a ir al baile. Les diré que cuiden de ella si Abe no se ocupa. Es lo que quiero, chicos… —les dijo.

—¿Chicos? —repitió Ethan.

—¿Qué tal si dejamos que sea Naomi la que decida?

—Jobe —intervino Merida. Se había quedado sorprendida al pensar que su amiga podría ir al baile con Abe—. Aunque es una idea estupenda las mujeres pasan meses preparándose para esta noche. Eligen el vestido, van al spa, no se le puede pedir algo así el día antes del evento.

—Estoy de acuerdo —dijo Jobe—. Creo que lo mejor es que se lo digas mañana.

Capítulo 9

CUMPLEAÑOS feliz...
Barb entró en la habitación de Naomi con una bandeja y cantando la canción de cumpleaños, tal y como hacía con todos los empleados en su día especial.

–¡Desayunar en la cama! –Naomi se incorporó–. ¡Qué maravilla!

–Y no es cualquier desayuno –dijo Barb–. He preparado mis mejores platos.

Había huevos revueltos con salmón ahumado, *bialys,* un pan redondo lleno de cebolla caramelizada y patatas con beicon crujiente.

–Tómate tu tiempo –dijo Barb.

Naomi desayunó tratando de aplacar el dolor que sentía y de planificar su día para aprovecharlo al máximo.

Iría al crucero por el río y después saldría de compras. Con eso llenaría el día, pero no soportaba pensar en la noche.

Merida le había propuesto que quedaran para tomar cócteles y ver el evento en directo por la televisión, pero era como una tortura para Naomi.

Mientras se vestía, Naomi decidió que tendría que zafarse del plan, aunque no sabía cómo.

Al bajar por la escalera con la bandeja, vio que Bernard estaba junto al árbol poniendo regalos.

–Feliz cumpleaños, Naomi –le dijo con una sonrisa.

–Gracias.

–Cuando dejes la bandeja en la cocina, ¿puedes ir a ayudar a Merida con Ava? Están colgando los calcetines en el estudio.

–Claro –dijo Naomi–. No las he oído levantarse.

Abrió la puerta del estudio y se encontró con Ethan, Merida, Aba y Barb. En la mesa había una tarta de cumpleaños y, por segunda vez en la mañana, Naomi oyó que le cantaban cumpleaños feliz.

–Sabéis que no me gusta el jaleo –dijo Naomi.

–Pues este año no te libras –dijo Merida.

Barb le había comprado una gran bufanda y de parte de Ava recibió unos pendientes largos de plata.

–Tiene muy buen gusto –sonrió Naomi, preguntándose dónde podría lucirlos.

–Este es de parte nuestra –dijo Merida, y le entregó un sobre dorado. Naomi lo abrió y frunció el ceño.

–¿Un día en el spa? –preguntó asombrada, y pensó que Merida se había vuelto loca. Naomi era la última persona que iría a un spa, y menos en Nueva York.

–Gracias –dijo Naomi–. Tengo ganas de ir.

–No tienes que esperar –sonrió Merida–. Es para hoy.

–¿Hoy?

–Sí. No tienes que hacer nada más que dejar que te mimen.

–Merida, no… Es una gran idea, pero mañana es Navidad y tengo que hacer muchas cosas hoy.

–Tienes que ir al spa hoy, porque esta noche vas a ir al baile de la familia Devereux –dijo Merida sonrojándose una pizca.

–No –Naomi negó con la cabeza–. No puedo.

–Sí puedes. Es el regalo que te hace Jobe.

Naomi sintió náuseas.

No estaba acostumbrada a salir de noche, y menos a un baile de gala.

A pesar de que era una idea maravillosa y una estupenda invitación, no podía hacerlo.

–Merida, no conoceré a nadie.

–Jobe ya ha pensado en eso –dijo Ethan–. Abe te acompañará.

Naomi decidió que pronto se despertaría. Aquello no era más que una pesadilla.

No obstante, todo el mundo la miraba sonriente.

Pensó en cómo se avergonzaría él al tenerla entre sus brazos en aquella noche tan importante.

Sabía que se sentía atraído por ella, pero para compartir la cama.

Y aunque él podía estar preparado para mantener relaciones sexuales en una playa privada, Naomi creía que no querría tenerla a su lado en un evento tan elegante.

–Merida, por favor, no quiero que Abe se sienta obligado y tampoco quiero ir al baile.

–Naomi –Merida vio que su amiga se resistía, pero fue peor–. Abe estará ocupado toda la noche. Khalid estará allí y te prometo que Ethan le ha pedido que cuide de ti. Es todo un caballero. Y dos de las enfermeras favoritas de Jobe irán con sus esposos

–Y Abe, ¿qué opina de todo esto?

–Él quiere lo que su padre quiere –dijo Merida.

Naomi no debía olvidar aquellas palabras.

Abe estaba dispuesto a hacer aquello para complacer a Jobe, y Naomi sabía que ella no era su tipo.

Fue Merida la que la tranquilizó.

Les pidió a todos que se marcharan y se sentó en el

sofá junto a Naomi, que todavía tenía la tarjeta del spa en la mano.

—Abe estará muy ocupado. Apenas lo verás. Tendrás que bailar con él una vez y después podrás beber *manhattans* toda la noche.

Naomi había soñado con aquello.

Cuando estuvo en Central Park deseó poder pasar otra noche entre los brazos de Abe.

Y en esos momentos, sentía una mezcla de cosas.

Nerviosismo.

Reticencia.

Y una terrible emoción.

Era un verdadero baile de gala y era la única posibilidad que tendría de asistir a uno.

Y de bailar con Abe.

Aunque fuera un baile obligado.

Naomi sabía que no debía anticiparse. No era una cita. Esa familia hacia ese tipo de cosas todo el rato y era evidente que era lo que Jobe quería.

Naomi se sintió mareada.

Aunque cada vez estaba más emocionada.

—Bernard va a llevarte al spa ahora y, cuando estés allí, no seas tímida —le advirtió Merida.

—No.

—Naomi, en serio. Yo lo pasé muy mal la primera vez que fui. Me tocó una estilista que se llamaba Howard y que me hablaba con altanería. No lo permitas —le agarró las manos—. Sé tú misma y disfrútalo.

—Tengo que comprar algunos regalos…

—Puedo comprarte algo para Barb. ¿Para quién más?

—Jobe.

—Pensaré en algo. ¿Para alguien más?

Naomi negó con la cabeza. No iba a contarle a Merida que había pensado en comprarle algo a Abe.

Ya era demasiado tarde para eso.

Naomi no se sentiría intimidada en el spa.

Eso lo reservaría para más tarde cuando estuviera con Abe, rodeada de la gente más elegante de Manhattan.

Así, entró en el spa con la cabeza bien alta.

Sonrojada, pero sin bajar la mirada.

–Ah, sí –dijo la recepcionista al oír su nombre–. Jobe nos pidió que te hiciéramos un hueco. Ven por aquí.

Era imposible relajarse mientras la estilista y la especialista en cutis le observaban el cabello, las uñas y las facciones.

–Entonces, ¿eres una de las enfermeras? –le preguntó la especialista–. Jobe es tan generoso.

–No, de hecho –Naomi eligió no admitir que era la niñera–. Soy una amiga de la familia.

La especialista miró a su compañera con complicidad.

–¿Y tienes una cita esta noche? –preguntó la estilista.

–Sí –dijo Naomi–. Con Abe.

–¿Con Abe Devereux? –preguntaron las dos mujeres a la vez.

–Sí –Naomi asintió–. Abe va a llevarme al baile esta noche.

A partir de ese momento, empezaron a tratar a Naomi mucho mejor.

Primero le pusieron aceite en el cabello y la dejaron relajándose en una piscina con una mascarilla de ojos.

Más tarde le dieron un masaje desde la cabeza a los pies con sal gorda y después de enjuagarla continuaron relajándole todo el cuerpo.

Resultó ser el mejor regalo que le habían hecho

nunca y a pesar de haber estado muy tímida al principio, acabó siendo un día estupendo.

A Naomi le gustó mucho un aceite fresco y relajante con el que le masajearon los hombros y preguntó si podía comprar un frasco.

Había una tienda de regalos muy exclusiva en la sala y Naomi la recorrió vestida con un albornoz negro, mientras esperaba a que continuara su tratamiento.

Decidió que compraría una botella de aceite para masaje y un vaporizador.

Para Jobe.

Para Barb escogió una botella de aceite de baño y unas velas perfumadas. En el último momento añadió una cajita de caramelos de menta extremadamente caros.

—Cabrá perfectamente en el bolso —le dijo Naomi a la dependienta.

Los quería en caso de que Abe la besara.

—Cuéntanos cómo es tu vestido —le preguntaron antes de peinarla.

—Es negro —dijo Naomi, porque era el único que tenía.

—¿De qué diseñador?

Puesto que no quería admitir que lo había comprado por internet, les dio el nombre del diseñador del vestido que Merida había llevado en otra ocasión.

—¿Qué peinado quieres para esta noche, Naomi?

Ella se miró en el espejo y no supo qué contestar.

No pensaba que pudiera conseguir un aspecto donde no desentonara.

—¿Quieres dejarlo en nuestras manos? Se nos da muy bien.

Y así fue.

Naomi nunca imaginó que su cabello pudiera ser tan suave y brillante y terminó con el cabello recogido y algunos rizos sueltos por delante.

Un peinado que ella había tratado de hacerse en varias ocasiones y que nunca había conseguido.

Después, pasó con la maquilladora.

Naomi tenía la piel muy pálida y se la dejaron tal cual, pero ligeramente retocada con colores neutros. Sobre los ojos le pusieron un poco de sombra y, cuando rechazó que le pusieran pestañas falsas, le aplicaron un poco de máscara.

Nada más terminar, se miró en el espejo y como no tenía mucho tiempo se quitó el albornoz y se subió al coche que la estaba esperando.

La noche acababa de empezar.

Merida la estaba esperando en casa y juntas subieron hasta su habitación.

—Feliz cumpleaños —le dijo Merida y le entregó un paquete.

—Ya me has hecho un regalo.

—Pues ahora te hago otro —dijo Merida.

Era un conjunto de ropa interior plateado.

—Abe no puede verlo —dijo Merida, y Naomi se rio—. Hablo en serio, Naomi. Estás preciosa incluso en albornoz. Y sé que él es devastadoramente atractivo, pero confía en mí cuando te digo que no es para ti.

—De eso ya me he dado cuenta, Merida.

—No, sé que te lo he dicho, pero tienes que escucharme.

—Merida —Naomi la interrumpió—. Déjalo, por favor.

—¿Naomi? ¿Qué me he perdido? —preguntó Merida.

–No mucho –contestó ella, tratando de no llorar y sujetando las manos de su amiga–. Conozco su reputación y también sé por qué las mujeres se enamoran tan fácilmente de él. Puede ser un hombre maravilloso. Tan maravilloso que una puede decidir no hacer caso de las advertencias y pensar que es la única mujer en el mundo. Todo eso lo sé.

–Oh, Naomi. Nunca habría aceptado todo esto si hubiera sabido que…

–No. Estoy feliz de que esta noche pueda bailar con él –no quiso dar más detalles. No le importaba que el padre de Abe lo hubiera presionado para que la llevara al baile. Deseaba estar entre sus brazos–. Quiero ir al baile.

–Entonces, adelante –Merida sonrió y abrió la puerta del dormitorio–. En este caso, no soy yo la hada madrina. Ha sido Abe…

Sobre la cama estaba el vestido que se había probado mientras a él le tomaban medidas para sus trajes y, en silencio, Naomi le dio las gracias a Felicia por haber recordado su talla.

–Oh, cielos…

Nunca había tenido una prenda tan maravillosa.

–¿Es un préstamo?

–No. Es tuyo –repuso Merida.

«¿Dónde lo guardaré?», pensó Naomi, consciente de que ocuparía media maleta. Pagaría por exceso de equipaje toda su vida, pero no pensaba dejarlo en ningún lugar.

Merida se marchó para que Naomi terminara de vestirse. Una vez a solas, Naomi se dio cuenta de que junto al vestido había unos zapatos y un bolso. Se habían ocupado de todos los detalles y jamás en su vida se había sentido tan cuidada.

El tono violeta del vestido resaltaba el azul de sus ojos y su piel de porcelana, y sus pendientes nuevos brillaban en la base de su cuello.

—Me hace un pecho enorme.

—Te queda genial —le aseguró Merida—. Estás preciosa.

—Necesito un chal.

—Tengo uno negro que te quedaría fenomenal —dijo Merida—. Naomi, estás despampanante.

—¿En serio?

—Completamente. Abe no sabe la suerte que tiene.

Al contrario.

Abe siempre había sabido que ella era una belleza y cuando la vio, al principio de la escalera, lo confirmó una vez más.

Se fijó en su cabello, en la piel clara de sus brazos y de su escote.

Ella se levantó la falda del vestido y bajó despacio. No porque estuviera nerviosa, sino para disfrutar también del atractivo de Abe.

Llevaba el cabello recién cortado y estaba bien afeitado, y ella se percató de que nunca había deseado a alguien de esa manera.

Su traje era muy elegante, y él la esperó mirándola con deseo.

Y cuando ya solo estaban los dos, cuando él la miró de esa manera, todas las dudas de Naomi se disiparon.

Él todavía la deseaba

Y siempre la había hecho sentir bella.

Al llegar al pie de la escalera e inhalar el aroma de su colonia, Naomi cerró los puños para no acariciarle el rostro.

Entonces, se fijó en que sobre su brazo izquierdo

llevaba una capa de terciopelo violeta. Abe se había ocupado de todos los detalles.

–Feliz cumpleaños –le dijo, colocándole la capa que ella no se había atrevido a probarse ese día.

El interior era de seda y, cuando él se la colocó sobre los hombros, ella sintió el frío de la tela y el peso del terciopelo.

Entonces se dio cuenta de lo agradable que es recibir los cuidados de alguien.

En un solo instante él compensó los miles de momentos solitarios que ella había experimentado en su vida.

Y aunque se había advertido que no debía llegar ahí, era demasiado tarde.

Naomi sabía que estaba enamorada.

–¿Preparada? –le preguntó Abe.

Ella dudó un instante, pero no tenía tiempo de analizar sus sentimientos. Merida bajó corriendo por las escaleras con el chal que Naomi ya no necesitaba y Ethan salió del estudio para despedirlos.

–Bernard os está esperando –les dijo.

–No puedo esperar a que me contéis cómo ha ido –sonrió Merida–. Si Ava está despierta cuando llegues…

Sus palabras indignaron a Abe.

La trataban como si fuera un corderito al que fueran a degollar, y después de acompañar a Naomi hasta el coche, subió por los escalones hasta donde su hermano y su cuñada esperaban.

–¿Queréis que vuestra empleada regrese a una hora concreta? –preguntó Abe.

–Por supuesto que no –dijo Merida–, pero Naomi es una amiga.

–Sin embargo, le dais una noche libre a la semana y le decís cómo ha de pasarla.

Sí, seguía siendo un cretino.

—Abe —le advirtió Ethan—. No lo pagues con Merida. Con tu reputación, tiene derecho a estar preocupada.

—¿Y la tuya está inmaculada? ¡Anda ya!

Se volvió y comenzó a bajar hasta el coche donde Naomi lo esperaba con nerviosismo, mirando por la ventana para asegurarse de que todos estaban bien.

Al verla, él se detuvo un instante. ¿Cómo podía enfadarse con dos personas que lo que querían era cuidar de Naomi?

Abe conocía muy bien cuál era su reputación.

Subió de nuevo los escalones y, tragándose su orgullo, se acercó a ellos.

—No tenéis por qué preocuparos —les dijo—. La cuidaré todo lo que pueda.

Abe estaba dispuesto a hacer todo lo posible para que fuera así.

Capítulo 10

EL TRAYECTO hasta el hotel debería haber sido perfecto.

Nevaba ligeramente sobre Central Park y si él le hubiera dado la mano habría sido perfecto. No obstante, Abe tamborileaba con los dedos sobre su pierna.

—¿Tienes que saludar a todo el mundo? —preguntó Naomi.

—Cielos, espero que no —dijo Abe—. No te preocupes, te darán cientos de besos al aire. No tienes que recordar el nombre de todos.

Él trataba de tranquilizarla, pero ella notaba que estaba tenso.

Naomi pensó que, quizá, se estuviera arrepintiendo de haberla llevado.

Naomi abrió el bolso para sacar la cajita de caramelos de menta que había comprado y la abrió.

¡No eran caramelos!

Tardó un segundo en registrar que era preservativos con sabor a menta.

«¡Oh, cielos!», pensó Naomi, metiéndolos rápidamente en el bolso. ¡Menos mal que no le había ofrecido uno!

Entonces, al bajar del coche, recordó cómo había explicado en la tienda que le cabrían perfectamente en el bolso.

Quizá fueran los nervios, pero tuvo que contener una carcajada y llegó sonriendo a la alfombra roja.

Era Abe el que estaba muy tenso.

Nada más entrar en el hotel, le dio la sensación de adentrarse de lleno en la Navidad.

En el recibidor había un gran árbol de Navidad que parecía hecho de terciopelo. Mientras le retiraron la capa y le entregaron una rosa roja, Naomi se fijó en que el árbol estaba hecho de rosas de color rojo, todas ellas perfectas.

—Es muy bonito —Naomi se habría quedado observándolo un poco más, pero Abe le advirtió que debían entrar al salón.

Se agarró al brazo de Abe y trató de calmarse antes de entrar. El salón era impresionante y estaba iluminado por grandes lámparas de araña. Naomi dio una vuelta para contemplarlo y trató de no pensar en lo nerviosa que estaba.

No obstante, a medida que llegaban los invitados, se volvían hacia ella.

Intentó convencerse de que estaban mirando a Abe. Después de todo, muchas de las mujeres que asistirían esa noche solo tenían ojos para él, y se sorprenderían al ver la pareja que había elegido para esa noche.

Después de que le presentaran a más personas de las que era capaz de recordar, Abe le dijo que tenía que ir a hablar con alguien.

—Te dejaré en manos de Khalid.

«No, por favor», pensó Naomi. Estaba muy nerviosa y ¡Khalid era un jeque!

Aunque era realmente encantador.

Vestido con una túnica dorada, tenía un aspecto exótico y formidable.

–Es un placer conocerte, Naomi –sonrió–. He oído hablar mucho de ti.

–Soy una buena amiga de Merida –contestó ella, pensando que quizá la hubiera mencionado al hablar de Ava.

–¿Merida? Por supuesto. Abe me dijo que eras de Inglaterra. Ah, ¿así es cómo Abe y tú os habéis conocido?

Naomi asintió.

–Tengo que darte las gracias –añadió él.

–¿A mí?

–Por hacer de bálsamo en aguas turbulentas. Nunca imaginé que Abe aceptaría Y aquí estamos.

Naomi pensó que él la había confundido con otra, o que había perdido el hilo de la conversación, teniendo en cuenta que le costaba concentrarse. A veces notaba que la miraban o que la gente preguntaba quién era ella.

Khalid se percató de que Naomi se había acabado la copa y le preguntó si quería otra.

–Mejor que no –dijo Naomi.

–Tranquila –dijo Khalid–. Disfruta. Estás preciosa.

–No acostumbro a llevar… –no quería entrar en detalles, pero el escote del vestido estaba cediendo y, como no tenía tirantes, quería asegurarse de que no se le bajara demasiado.

–Yo también me siento extraño –dijo Khalid–. En Nueva York suelo llevar traje, y no una túnica de oro. No obstante, es fiesta nacional en mi país, y es apropiado que lo represente.

Naomi agradeció que él intentara tranquilizarla y se sintió aliviada al ver que se desenvolvía con naturalidad. Lo último que deseaba esa noche era ser una carga para Abe.

Al cabo de unos instantes, Naomi reconoció a la enfermera que había acompañado a Jobe para hacerse las fotos con Ava y estuvieron conversando un rato.

Después, poco antes de los discursos se llevó una sorpresa.

—Sabía que estarías preciosa

—¡Felicia! —sonrió Naomi contenta de ver otra cara conocida—. Qué alegría verte.

—Más me alegro yo de verte a ti. No estaría aquí si fuera de otro modo.

Naomi frunció el ceño, pero Felicia se lo explicó.

—Abe llamó para decir que quería darte una sorpresa y que si podía prepararte un vestido. Le hablé del que te había gustado y él mencionó la capa. Gracias a mis esfuerzos, me ha invitado al baile.

—Muchas gracias —sonrió Naomi—. No puedo creer que hayas podido preparar mi ropa y prepararte para venir en un solo día.

—¿Un día? —Felicia frunció el ceño—. Llevo…

No pudo terminar la frase porque los discursos comenzaron en ese momento.

En todos ellos se habló de la ausencia de Jobe y de los fondos que se estaban recaudando para equipar el área pediátrica del hospital donde Jobe estaba ingresado.

Había un pequeño montaje con fotos de los bailes anteriores y Naomi vio una de Jobe bailando con Elizabeth, su difunta esposa.

Naomi oyó que algunas mujeres comentaban lo bella que había sido aquella mujer.

«Por fuera», pensó ella, recordando la conversación con Abe.

Entonces, lo miró y, al ver que su expresión era indescifrable, mientras miraba la pantalla, se preguntó qué estaría pensando.

Podía imaginar una parte.

Se sentía privilegiada porque él le hubiera contado parte de su pasado y porque, en aquella sala llena de conocidos y amigos, ella supiera cosas que muchos desconocían.

Valoraba cada segundo del tiempo que habían pasado juntos y nunca olvidaría esa noche, en la que se había sentido tan especial y parte de ese mundo.

Abe agarró el micrófono para dar el último discurso y Naomi contuvo la respiración.

Deseaba grabar su imagen en la memoria para recordar todos los detalles durante años.

El color oscuro de sus ojos y sus atractivos pómulos.

Y el tono grave de su voz.

El hecho de que apenas sonriera al dar las gracias a los invitados, pero que no pareciera arisco.

Abe apenas sonreía.

Tras dar las gracias a los presentes, Abe les contó una novedad.

—Lo de las rosas ha sido idea de Jobe. Quería que esta noche todas las mujeres llevaran una flor suya. Es consciente de que algunas habréis recibido flores de su parte durante los años, y le gustaría que aceptarais una más, como muestra de agradecimiento y cariño.

Hizo una pausa y Naomi pensó en que más de una mujer conservaría aquella flor entre las páginas de un libro. Ella lo haría, ya que Jobe era una persona para recordar, igual que aquella noche.

Abe continuó hablando y para finalizar comentó que, aunque su padre no estuviera presente, había insistido en supervisar todos los detalles del evento.

—Espero que se sienta orgulloso —terminó. Miró a Naomi y sonrió.

Fue algo inesperado y ella sonrió también.

Tras los aplausos, él se acercó a ella y le dio la mano, justo cuando empezaba la música.

Naomi nunca había bailado con un hombre.

Mientras la llevaba a la pista, ella pensó que no le importaba si el baile era puro protocolo. No obstante, al estar entre sus brazos, apoyó la mejilla sobre su torso y supo que había mentido. En silencio, suplicó que aquel baile no terminara nunca.

Él notó su cálida respiración a través de la tela de su camisa y se resistió para no deslizar la mano más abajo sobre su espalda.

Fue Abe quien, por primera vez, tuvo que concentrarse en su respiración y recordarse que aquella noche debía comportarse como un auténtico caballero.

Entonces, ella se movió entre sus brazos y, al notar la presión de sus senos sobre el torso, él recordó su piel desnuda en la noche que ella lo había rechazado.

Ella percibió que se le aceleraba el corazón al sentir el calor de su mano, y cerró los ojos para aplacar el deseo que la invadía por dentro.

—¿Naomi?

—¿Sí?

—Voy a tener que ir a socializar pronto…

Ella asintió, y recordó que para él aquello solo era trabajo.

—Está bien —le dijo, mirándolo.

Un error peligroso.

Aunque a Abe se le conociera por sus escándalos amorosos, nunca lo habían pillado dando una muestra de afecto en público.

Algo que sí sucedió esa noche.

Abe se inclinó y la besó en los labios mientras los invitados comenzaron a susurrar por todo el salón.

Abe Devereux y esa mujer.

De la que nadie sabía su nombre.

Una cosa era segura, aquel beso había comenzado en la pista de baile, pero terminaría en la cama.

Esa misma noche.

Capítulo 11

ERA LA noche más especial de todas las noches y Naomi deseaba que no terminara nunca. Incluso cuando se marcharon de la pista de baile y Abe tuvo que ir a hablar con los invitados, Naomi se sentía como si estuviera flotando entre sus brazos. Ella habló con Felicia, con Khalid e incluso con desconocidos. Y él la miraba de vez en cuando para comprobar que estaba bien.

Naomi se sentía protegida de los rumores y las miradas que la habían perseguido desde que entró en el salón. Abe cuidaba de ella, y Khalid y Felicia también.

La noche llegaba a su fin y algunas parejas empezaban a marcharse.

–Voy al aseo –dijo Naomi.

–Buena idea –dijo Felicia–. Te acompaño, que pronto empezará a llenarse.

Mientras atravesaban el salón, Felicia se volvió al oír su nombre.

–¿Felicia?

Naomi se volvió también y vio que un hombre atractivo se dirigía hacia ellas.

–Eres tú –dijo el hombre con curiosidad.

–Leander…

Naomi se percató de que Felicia estaba sorprendida. Después, reaccionó:

–Leander, esta es Naomi.

–Naomi –dijo él, sin dejar de mirar a Felicia.

En ese momento, Naomi supo que había llegado el momento de marcharse.

Entró en el aseo y cuando terminó se lavó las manos y sacó el pintalabios del bolso. Entonces vio la cajita que no contenía caramelos.

Pasaría la noche con Abe.

Y no dudaría un instante.

Podría vivir, aunque la aventura fuera corta. Más que sin disfrutar de la aventura.

Naomi no necesitaba ir a Cabo para estar con él, ni promesas que él no pudiera mantener.

Entonces, oyó que la banda de música tocaba una canción navideña con la que siempre le daban ganas de llorar.

No volvería a pasarle, porque siempre recordaría esa noche con él.

Guardó las cosas en el bolso y estaba preparada para salir cuando oyó su nombre.

–¿Naomi?

Naomi se volvió y sonrió a una mujer rubia con un vestido rojo de cuello alto.

–Eres Naomi, ¿verdad?

–¿Sí? –respondió ella sorprendida.

–Soy Candice.

–Oh –Naomi no sabía qué decir y tragó saliva.

–Por favor –Candice sonrió y la agarró del brazo–. No te sientas mal. Estoy muy acostumbrada a todo esto.

–Tengo que marcharme –dijo Naomi. Lo último que deseaba era conversar con la ex de Abe.

No obstante, Candice no estaba dispuesta a dejarla marchar.

–Está bien, de veras. Hace mucho tiempo que acepté que Abe tenía aventuras amorosas.

–No somos… –Naomi suspiró. No sabía lo que eran Abe y ella. Apenas tenían una aventura. Y ella sabía que no podía durar. Sin embargo, quería que aquella noche fuera perfecta y no deseaba que Candice se entrometiera–. No estamos juntos –dijo Naomi, haciendo ademán de marcharse.

–Por supuesto que sí –dijo Candice–. Abe me dijo esta tarde que vendrías con él.

–¿Esta tarde?

–Cuando vino a nuestro apartamento.

Naomi notó que una gota de sudor le caía por el pecho.

–Pensaba que vosotros…

–Que habíamos terminado. ¿Eso es lo que te ha contado?

Naomi apretó los dientes.

–Supongo que Abe diría tal cosa, pero no hemos terminado.

–Sé que él te paga

–Por supuesto –dijo Candice–. Abe quiere que yo esté siempre bien cuidada. De hecho, acabo de firmar el contrato por un año más –sacó el teléfono para mostrarle un documento.

–No quiero verlo.

–Te sugiero que lo mires bien –dijo Candice–. Me parece que no tienes ni idea de cómo funciona esto.

Naomi vio que figuraba la dirección del apartamento de Madison Avenue, y se sintió más incómoda todavía.

–Una vez más acabo de aceptar sus condiciones. El próximo año volveré a estar a su lado, y en su cama.

–Abe me dijo que no teníais relaciones –Naomi trataba de mantener la calma y de explicarle que nunca tendría una relación con Abe si pensaba que estaba con otra mujer.

–¿Y lo creíste? –Candice soltó una carcajada–. Como te he dicho, acepto que tenga aventuras, pero he de decir que ya no le queda dónde elegir –miró a Naomi de arriba abajo–. O quizá es que ahora le gustan las mujeres gordas.

Cuando Candice se marchó, Naomi sintió náuseas.

Estaba avergonzada.

Y se sentía culpable.

Porque, aunque no hubiera pasado gran cosa entre Abe y ella, Naomi esperaba que esa noche sucediera.

Tenía la esperanza de hacer el amor con Abe.

E incluso había aceptado que para él fuera solo una aventura de una noche.

No obstante, nunca habría aceptado si hubiera sabido que todavía estaba con Candice.

Naomi se agarró al lavabo y trató de contener las lágrimas, pero no lo consiguió.

Intentó secárselas con un pañuelo, pero ya tenía la máscara de pestañas recorriéndole las mejillas. Al ver que al entrar unas mujeres la miraban, decidió salir al pasillo. La gente estaba recogiendo los abrigos y ella sintió que todos se volvían para mirarla.

No tenía fuerza para enfrentarse a la multitud y recoger su abrigo, ni tampoco para entrar al salón a buscar a Abe.

Además, se fijó en que Candice estaba en la puerta del salón hablando con él y acariciándole el cuello de la chaqueta. En ese instante, Naomi solo podía pensar en la buena pareja que hacían. Así que, hizo lo que su instinto le decía y se marchó corriendo.

–¿No lleva abrigo, señorita? –le gritó el conserje al verla salir corriendo.

Era como su primer día en la ciudad, pero sin sentir entusiasmo y después de haber perdido la esperanza.

Corrió escaleras abajo y se adentró en el frío de la noche. Perdió un zapato por el camino y el cabello se le soltó.

Abe la había visto marchar.

—¿Dónde está Naomi? —le preguntó a Felicia.

—Había ido al baño —dijo ella.

Fue entonces cuando vio que Candice se acercaba a él.

Ella no estaba en la lista de invitados, pero era evidente que la habían dejado entrar. Había sido un idiota al pensar que ella se quedaría conforme con su decisión.

—Hola —sonrió ella.

—¿Qué haces aquí, Candice?

—Vengo todos los años. Al menos durante los últimos tres. Estás muy atractivo… —le acarició la chaqueta mirándolo fijamente a los ojos.

No debería haber intentado hacer bien aquello. La única que vez que había intentado hacer lo correcto le había salido mal, ya que levantó la vista justo en el momento en que Naomi salía huyendo.

—¿Qué diablos ha…? —ni siquiera terminó la frase. Sabía que Naomi estaba dolida y salió tras ella. Ni siquiera el conserje lo vio pasar, ya que había salido a buscar el zapato para tratar de devolvérselo, pero Naomi continuó corriendo.

—Está muy disgustada, señor —le dijo el conserje cuando Abe se acercó.

Eso ya lo sabía.

Y también que estaría helada.

—¡Naomi!

Ella oyó que la llamaba, pero no se detuvo. Deseaba alejarse de Abe Devereux lo antes posible.

Quería retirarse en un lugar privado donde pudiera llorar tranquila.

Naomi había llegado a la entrada del parque cuando él la alcanzó.

—¡Déjame en paz! —gritó ella.

—Vuelve dentro.

—¡Jamás! No voy a regresar ahí. Son todos…

—He reservado una suite para nosotros —la interrumpió.

—¿Estabas tan seguro de que iba a querer?

Él la agarró del brazo, pero ella se soltó. Naomi trató de recordar si llevaba dinero en el bolso para tomar un taxi, pero con un pie congelado le resultaba difícil pensar. Se abrazó para tratar de mantener el calor de su cuerpo.

—Toma —Abe le entregó la chaqueta, pero ella la rechazó.

—No quiero nada de ti.

—¿Vas a congelarte para demostrármelo?

Naomi estaba tiritando cuando él la sentó en un banco, le colocó la chaqueta por los hombros y le puso el zapato.

—No puedes huir descalza con este frío. ¿Qué diablos estabas pensando? Si vas a estar conmigo será mejor que te acostumbres a que hablen mal de ti, y a no salir corriendo cada vez que alguien hace un comentario sobre mí.

—¿Contigo? Quiero estar lo más alejada de ti posible, Abe. ¿Has firmado otro contrato con Candice?

—Ahora no —dijo él, y se puso en pie.

—¿Has estado con ella hoy?

Abe no respondió.

–Lo tomo como un sí –añadió Naomi–. ¿Vas a mantenerla otro año?

–Intentaba ser amable.

–¿Amable? Tú no sabes lo que es eso

–No discutamos aquí –sugirió Abe.

Naomi deseaba regresar a la casa y cubrirse la cabeza con la manta hasta que ese terrible día de su cumpleaños terminara.

Y Navidad.

Así que, permitió que él la guiara.

Abe llamó a su chófer y mientras esperaban, ella observó cómo los invitados salían del hotel y, antes de subirse a los coches, gritaban: ¡Feliz Navidad!

Desde luego, no eran felices para ella.

Abe no dijo nada. Negó con la cabeza, incapaz de creer que la noche que tanto había planeado se hubiera estropeado.

–¿Dónde vamos? –preguntó ella, al ver que el coche pasaba por delante de casa de Jobe.

–A mi casa –dijo Abe–. No quiero que tu club de fans opine sobre esto.

–¿Mi club de fans?

–Merida, Ethan, Barb, Bernard… Tienes a mucha gente de tu parte. Mi padre incluido.

Naomi se sentía agradecida por ello, y miró al hombre que más deseaba en el mundo.

Un hombre inalcanzable.

–Ya hemos llegado –dijo él cuando el coche se detuvo.

Ella salió del coche, subió al porche y esperó a que él abriera la puerta.

Había un recibidor grande con arcadas. Una escalera que subía y otra que bajaba.

–Vamos –dijo él, y ella lo siguió por un pasillo de suelo de madera cubierto por alfombras persas.

Al final del pasillo había una gran cocina, y un jardín iluminado.

Abe abrió una puerta y ella vio un árbol de Navidad. Mientras él encendía la chimenea, Naomi permaneció tiritando y abrazada a su bolso. Él estaba empapado a causa de la nieve derretida y tenía el cabello mojado.

Naomi recordó que la noche en que se conocieron, él también había encendido la chimenea. Parecía que había pasado mucho tiempo. Y ella se había sentado a su lado.

Esa misma noche, él se había adentrado en su corazón. Tanto que, cuando ella se enteró de lo de Candice, decidió creerlo a él cuando le contó que la había dejado.

Sus ojos oscuros, el beso que había provocado que se desinhibiera con él. Lo miró y recordó cómo había sido acariciar su torso desnudo mientras él le provocaba su primer orgasmo.

Y por él había roto sus propias reglas, porque esperaba seguir disfrutando a su lado.

Sin embargo, allí estaba, empapada junto al fuego después de que se hubiera estropeado la noche.

Se fijó en los adornos del árbol y en los regalos y dijo:

–Creía que no celebrabas la Navidad.

–No suelo hacerlo –dijo Abe–. Naomi, ¿cuántas veces tengo que decirte que Candice y yo hemos terminado?

–¿Se supone que debo creerte? Ella me dijo

–¿Por qué la escuchaste?

–¿A quién iba a escuchar si no? ¿A ti? Llevas una

semana sin hablarme. Ni siquiera podías mirarme cuando entré en tu despacho

—He estado ordenando mi vida —dijo Abe—. He intentado reparar todas mis equivocaciones. Naomi, sí he visto a Candice esta tarde. Y sí ha firmado otro contrato para poder vivir en el apartamento otro año más, pero eso es todo. Creía que lo había solucionado, pero no era así. Siento lo de esta noche, pero me temo que vas a tener que empezar a confiar en mí.

—¿A confiar en ti? —dejó caer el bolso al suelo y lo señaló con el dedo—. No confiaría en ti, ni aunque fueras el último hombre…

Excepto que era el primero.

El primero que había deseado y su primer amor. Además, temía que fuera el último, porque no podía imaginar sentir lo mismo por otro hombre.

—Naomi… —le agarró la mano y la colocó entre sus cuerpos—. Iba a hablar contigo cuando estuviéramos a solas. Había reservado una suite para después de la fiesta.

—¿Estabas tan seguro de que subiría contigo?

—Sí —gritó él, porque lo había estado. Y más después de haber bailado con ella.

—Pues no habría subido —insistió Naomi.

—Mientes —le dijo, y se lo demostró con un beso.

Fue un beso brusco y apasionado. Ella comenzó a juguetear con su lengua en el interior de su boca y a desabrocharle la camisa empapada.

No se reconocía.

Todo su dolor se había transformado en deseo.

—Habrías subido —insistió él entre besos ardientes, mientras le acariciaba el cuerpo.

—Es cierto —gimió ella, cuando él la besó en el cuello.

Habría subido si Candice no le hubiera estropeado la noche. Entonces, recordó lo que llevaba en el bolso y aprovechó que le quedaba un poco de sentido común para arrodillarse a recogerlo.

–Oh, Naomi –dijo él cuando ella estaba en el suelo.

Ella tardó un segundo en darse cuenta.

¿De veras pensaba que... ?

Ella estaba a la altura de su entrepierna y él se bajo la cremallera del pantalón para mostrarle lo excitado que estaba.

–Solo iba a buscar protección.

–Lo sé.

–¿Cómo?

–Los vi en el coche.

Por supuesto, un hombre como Abe no podía confundirlos con una cajita de caramelos.

–La idea de pasar la noche juntos ha estado volviéndome loco.

No era el momento de contarle que los había comprado por accidente ya que, en esos momentos, ella no deseaba estar en otro lugar. Se fijó en su miembro erecto y un fuerte deseo la invadió por dentro. No podía esperar a verlo completamente desnudo, pero Abe tenía otra idea.

–Pruébame –le dijo él.

Ella sintió el calor de su miembro contra la mejilla e inhaló su aroma embriagador, pero le dijo la verdad.

–No sé cómo hacerlo.

–Inténtalo.

Ella lo miró un instante. Debía haber tomado mucho champán porque no acertaba con la boca. Entonces, él le agarró la mano y la colocó sobre su miembro, ella separó los labios de nuevo y lo acarició con la lengua. Su gemido fue su recompensa.

Abe le acarició la mejilla y le retiró el cabello del rostro. Ella continuó acariciándolo con la mano y después, introdujo su miembro en la boca.

Él comenzó a quitarle las horquillas y ella se agarró a sus piernas para estabilizarse. Abe le sujetó la cabeza y la guio para que se atreviera a cubrir su miembro por completo. Naomi notó que él se estaba conteniendo, a pesar de que había empezado a mover las caderas.

De pronto, Naomi notó que uno de sus senos se salía del vestido, tal y como había temido que pasara durante toda la noche. Resultó liberador.

Notó que él le retiraba la cabeza y, cuando llegó al orgasmo, Naomi se sorprendió al ver el inmenso placer que también sentía, y permaneció allí arrodillada, jadeando y semidesnuda, pero siempre suya.

Suya.

«¿Cómo puede tener un aspecto tan impecable?», pensó ella mientras él se vestía, antes de darle la mano para ayudarla a levantarse.

Abe le colocó el vestido, como si estuviera preparándola para la iglesia en lugar de para llevarla al piso de arriba.

Se acercó al bar, sirvió dos copas y se bebió la suya de un trago.

—Como te dije…

Ella frunció el ceño al ver que le entregaba una copa y continuaba con la conversación de antes.

—Los periodistas serán despiadados a la hora de vender la historia, pero si vas a ser mi esposa tendrás que empezar a confiar en mí.

Ella oyó la primera parte.

144

Y la última.

No obstante, sentía mucho ruido en sus oídos cuando trató de recordar la del medio.

¿Acababa de decir que iba a ser su esposa?

Capítulo 12

ESPOSA? –repitió Naomi.

No podía creer lo que estaba oyendo.

Ni siquiera cuando él se agachó a recoger su chaqueta y metió la mano en el bolsillo para sacar una cajita.

–Naomi –dijo él–. Esto no ha salido como esperaba.

Ella se percató de que estaba nervioso.

–Tenía flores y champán, y todo bien planeado, pero mientras me digas que sí, no cambiaría nada. ¿Quieres casarte conmigo?

Naomi miró un instante el diamante incrustado en la alianza de oro. No comprendía nada.

–¿Para que me acueste contigo?

–En parte –sonrió él, pero volvió a ponerse serio cuando miró a la mujer que, sin conocer el amor, había sido lo suficientemente valiente para arriesgar su corazón por él–. Naomi, cuando me dijiste que no te acostarías conmigo hasta que no estuviéramos casados no me lo tomé muy bien. No le dije a Jobe que iba a pedirte que te casaras conmigo, pero sí le pedí ayuda para que aceptaras venir al baile conmigo.

–¿Jobe también estaba metido en esto?

Abe asintió.

–Necesitaba su ayuda para que Ethan y Merida aceptaran. Sabía que no querrían que te llevara al baile y, la verdad ahora comprendo por qué. También le pedí a Khalid y a Felicia que te cuidaran. Fue tan buena arreglándote el vestido que la invité al baile con la condición de que te siguiera toda la noche.

Naomi sintió un nudo en la garganta al darse cuenta de todo lo que había sucedido. Abe no había estado toda la semana ignorándola, sino que había estado preparando el camino para conseguir que formara parte de su vida. Entonces, le contó por qué.

—Naomi. Te he pedido que te cases conmigo porque te quiero.

Y escuchar cómo Abe Devereux decía *Te quiero*, fue como si le echaran oro líquido en el corazón.

—¿Tengo que pedírtelo otra vez? —preguntó Abe, al ver que no contestaba.

—No —dijo Naomi—. Quiero decir, sí, Abe me encantaría casarme contigo.

—Entonces, ya está —le colocó el anillo en el dedo y, cuando se miró la mano, Naomi no la reconoció. Igual que no reconocía el mundo al que él la invitaba a vivir.

Al mirarlo a los ojos, Naomi supo que tardaría años en conocerlo de verdad, pero tenía todo el tiempo del mundo.

—Te quiero —dijo ella.

—Lo sé.

—Llévame a la cama —dijo Naomi.

Él la agarró de la mano y la guio escaleras arriba, supuestamente al paraíso.

Excepto que el paraíso era más un cuarto de invitados que la habitación principal que ella esperaba encontrar.

—Tienes tu propio baño —dijo él.

—¿Abe?

–Querías esperar hasta que estuviéramos casados –comentó él–. Hemos llegado hasta aquí

–¡No! No puedes dejarme así –suplicó Naomi. Estaba enamorada, ardiente de deseo y revuelta por todo lo que había sucedido esa noche.

¡Y Abe, saciado, estaba dispuesto a irse a la cama!

–Es duro, ¿verdad? –Abe le dijo un beso en los labios y le dio las buenas noches.

–Abe, por favor –dijo ella, pero la puerta se cerró.

El deseo que Abe había pedido por Navidad se había cumplido.

Naomi Hamilton en la cama de invitados, y no en la suya.

Aunque suplicando.

–Feliz Navidad.

Esas fueron las palabras que la despertaron el mejor día de Navidad de su vida.

Había nieve en la ventana, se oían villancicos y llevaba un anillo en el dedo.

–¿Estás en huelga de sexo? –le preguntó Naomi con una sonrisa, y se desperezó.

–Así es –dijo él–. Tú no tienes que estarlo. Estoy dispuesto a repetir lo de a noche.

–A ese juego pueden jugar dos –dijo Naomi, sonrojándose.

Él se sentó en la cama y la miró. Tenía el maquillaje corrido y sonreía mirando el anillo que llevaba en el dedo. En ese momento, Abe supo lo que era la verdadera felicidad.

–Será mejor que nos casemos pronto, señorita Hamilton –le dijo.

–Estoy de acuerdo, señor Devereux.

Ella sonrió y él la miró un instante.

–Hablaba en serio, si te casas conmigo, habrá mucha gente deseando que nuestro matrimonio fracase.

–No lo hará.

Dijo ella con seguridad.

Por supuesto, la mañana pasó volando. Abe le regaló una llave de la casa.

–Tu hogar –le dijo.

Y el regalo que ella le hizo a él… Bueno… Naomi flaqueó, y de pronto, eran casi las nueve y ni siquiera podían plantearse pasar a cambiarse de ropa por casa de su padre. Ella no tenía nada que ponerse aparte de la ropa del día anterior.

–Vas a tener que enfrentarte y pasar vergüenza –dijo Abe.

Su chófer tenía el día libre así que, Abe condujo hasta allí.

–He hablado con Barb –le dijo mientras conducía–. He hablado con todos los empleados y nos ocuparemos de todos. Barb y Bernard

Naomi se giró y lo miró.

–Van a trabajar para mí. Para nosotros. La casa de mi padre es demasiado grande para ella, y yo he hecho reformas en la planta baja.

–¿En el sótano?

–Está genial. Tiene su propia entrada y jardín. Yo no hago las cosas a medias Hay que esperar, porque todavía todos necesitan tener a Jobe cerca.

–Abe, cuando termine mi trabajo podemos…

–Ya no vas a trabajar para mi hermano. Por supuesto que no. Los únicos bebés que van a robarte el sueño serán los nuestros.

–No puedo dejarlos en la estacada.

–Por favor. Pueden contratar a una niñera de verdad si la necesitan, y tú podrás seguir viendo a Ava, pero como su tía. Ya hemos llegado —añadió antes de que ella pudiera replicar.

¿Aunque cómo iba a hacerlo?

Abe estaba hablando de tener hijos y ella había pasado de no tener a nadie a estar prometida y a ser tía...

No tenía tiempo de pensar en ello, habían llegado al hospital y la prensa los estaba esperando.

Nada más llegar les sacaron una foto. Abe Devereux vestido en vaqueros de color negro y una mujer con vestido de terciopelo y la chaqueta que él llevaba la noche anterior.

La misma mujer a la que él había perseguido con un zapato que había encontrado y que de pronto ¡llevaba un anillo en el dedo!

—Feliz Navidad, Abe —le dijeron—. Y también para la mujer misteriosa

—Feliz Navidad —contestó Abe.

—A Jobe le deseamos lo mejor.

Abe asintió.

—Gracias.

Entraron en el recibidor y se encontraron con Ethan. Llevaba a Ava dormida en sus brazos.

—¿Dónde diablos habéis... ? —soltó Ethan, aunque se calló porque la respuesta era evidente.

—Entra a saludar —le sugirió Abe a Naomi.

—¿Ibas a cuidar de ella? —preguntó Ethan, al mismo tiempo que en la habitación de Jobe se oyó ¡Feliz Navidad!—. Por una vez que te pido —se calló al oír que Merida daba un grito de júbilo.

—Por supuesto que cuidaré de ella —le dijo Abe—. Naomi ha aceptado convertirse en mi esposa.

—¿Naomi y tú? ¿Esto cuándo ha pasado? ¿Anoche?

—No, empezó el día que nació esta pequeña —dijo

Abe, acariciando la mejilla de Ava– ¿Te importa si te robo a tu niñera el día de Nochevieja? –preguntó Abe. No solo era el día más difícil del año para conseguir niñera, sino que además tenía otra mala noticia–. Ah, y no te la devolveré.

Fueron unas verdaderas Navidades familiares.

Las primeras para Naomi.

Entre las celebraciones y felicitaciones estaba el hombre al que todos querían y que observaba en silencio cómo hablaban sobre la boda que se celebraría el día de Nochevieja.

O mejor, observaba a Naomi.

Ella no quería celebrarlo en la iglesia, y tampoco quería que fuera nadie aparte de Abe y ella, a pesar de que él había sugerido que la celebraran allí en el hospital.

Ethan sería el padrino, Ava la dama de honor y Merida la madrina.

No.

–Nos casaremos discretamente –Naomi negó con la cabeza y sonrió–. Solo nosotros. Después podemos tomarnos algo aquí.

Y algunos se conformaron con eso. Funcionó para Ethan pero...

–¿Puedo hablar con Naomi a solas? –preguntó Jobe.

–¿Nos estás echando? –preguntó Abe.

Así era.

–¿Por qué no quieres celebrarlo de verdad? –preguntó Jobe cuando se quedaron a solas–. ¿Por mí?

–No necesito una gran boda –las lágrimas afloraron a sus ojos y no quería estropear el día más feliz de su vida. Sin embargo, le dijo la verdad–. Jobe no tengo a nadie para que me acompañe al altar.

–¿Puedo ir yo? –preguntó él, y miró a la mujer más amable y cariñosa que había cambiado la vida de toda la familia–. Nada me haría sentir más orgulloso.

No fue una boda pequeña.

Había médicos y enfermeras ayudándolos a celebrar el día. Bernard y Barb, e incluso un jeque que ese día iba de traje.

En cuanto a la novia, iba vestida de blanco porque se lo merecía.

–Es un mito que las personas de tez clara no pueden llevar blanco –le había dicho Felicia. La habían perdonado por perder a Naomi en el baile.

El vestido resaltaba su figura, llevaba el cabello suelto y muy poco maquillaje. No tenía sentido que se maquillara más, porque sabía que iba a llorar.

Merida estaba preciosa con su vestido lavanda, y se había ocupado de las flores en persona. Lilas moradas, por el primer amor, rosas de color lavanda por el amor a primera vista, y brezo blanco como protección.

–También significa que los deseos se convertirán en realidad –dijo Merida.

–Son preciosas –dijo Naomi, agarrando el ramo con manos temblorosas.

Y poco antes de que se cumpliera un mes después de haber conocido a Abe Devereux, Naomi se convirtió en su esposa.

El paseo por el hospital fue muy agradable. Todo el mundo les sonreía y les felicitaba. Los pacientes, médicos y enfermeras les dejaban pasar y, después, les seguían para ver un poco de aquella inesperada boda.

La música sonaba por una altavoz y cuando Naomi entró en la habitación de Jobe, vio a Abe, junto a la cama de su padre, sonriendo para ella y animándola, como siempre haría.

Abe vestía un traje gris, igual que Ethan.

Los dos hermanos sonrieron al verla llegar, pero cuando Abe vio que ella estaba nerviosa, se acercó para darle la mano y acompañarla por el improvisado pasillo.

Entonces, Naomi comenzó a llorar porque, veinticinco años más tarde, sentía que alguien la quería.

Y treinta y cuatro años más tarde, Abe permitió que lo quisieran.

Se besaron antes de la ceremonia.

Cuando ella se tranquilizó, él la soltó y la acompañó hasta la cama. Allí, Naomi encontró otra mano deseando estrechar la suya.

Jobe.

Estaba en la cama vestido con un camisón de seda y llevaba una rosa lila prendida en la tela. Parecía contento y orgulloso y le estrechó la mano con fuerza.

—Estás preciosa –le dijo.

—Gracias –dijo Naomi, y le apretó la mano con delicadeza.

—Hoy celebramos la unión de Abe y Naomi –dijo el oficiante–. He de preguntar si alguien tiene alguna objeción.

Nadie dijo nada.

—¿Quién va a entregar a esta mujer para casarla con este hombre?

—Yo –dijo Jobe, demostrando que era un día importante para él. Le apretó la mano de nuevo y la soltó para que se acercara a su hijo y pronunciaran los votos.

—Te amaré y te protegeré –dijo Abe, con toda la sinceridad de su corazón.

Le colocó el anillo en el dedo y Naomi apreció la sencilla alianza de oro que significaba que pertenecía a ese hombre, de la mejor manera posible.

—Puede besar a la novia.

Abe le sujetó el rostro con las manos y la miró a los ojos unos instantes. Después la besó en los labios con decisión.

Brindaron con champán, pero no bailaron porque Jobe estaba cansado y había sido un día muy largo.

—Bienvenida a la familia —le dijo Jobe, y ella se despidió con un beso.

—Cuida de ella —le dijo a su hijo.

—Siempre —contestó Abe.

Los coches pitaron cuando pasaron por Central Park y el amor se notaba en el ambiente cuando llegaron al hotel.

Abe la guio por los mismos escalones que, algunas noches atrás, ella había bajado corriendo y llorando.

—Señor y señora Devereux —les abrieron la puerta y entraron agarrados de la mano.

El recibidor era tan bonito como ella recordaba. O más, ya que las rosas del árbol se habían abierto y su aroma era delicioso.

Subieron hasta la suite, donde las cortinas estaban cerradas y la luz era tenue. Por fin estaban a solas.

Ella estaba nerviosa y se sentía tímida bajo su mirada seductora.

—Te tengo —dijo Abe.

La besó, pero no en la boca, sino en aquellos ojos que lo recibieron en la puerta la noche en la que no tenía lugar donde esconderse.

Le besó las mejillas que se sonrojaban con facilidad y que protegían los oídos que habían elegido escuchar.

Después, la besó en el cuello y sintió que ella temblaba. Cuando le bajó el vestido y la contempló, ella supo por qué lo amaba. Porque con Abe nunca se había sentido inferior.

–Me encanta –dijo Naomi, acariciándole el vientre, y deslizando la mano más abajo.

–Con cuidado –le advirtió él, cuando ella lo agarró con fuerza. Se divirtieron juntos y después, el la llevó cerca del paraíso con la boca.

–Abe –le suplicó. Él había estado jugueteando con su lengua hasta asegurarse de que estaba preparada.

Se incorporó, la besó y la llevó a la cama.

Él la penetró una pizca y ella se sintió insegura. Clavó las uñas sobre sus hombros y supo que sería la primera y última vez que él le haría daño. Abe no podía contenerse más, así que la poseyó.

Ella notó una fuerte tensión y, durante un segundo, le pareció que se había apagado la luz.

Sin embargo, la oscuridad nunca perduraba.

Con cada movimiento, ella fue acomodándolo en su interior hasta que dejó de sentir dolor, provocando una sensación de intimidad que ninguno de los dos había experimentado nunca.

Él la penetró mas profundamente y cuando notó que ella se tensaba bajo su cuerpo, se dejó llevar.

Abe salió de la cama y ella lo observó mientras él aceraba la cubitera de champán junto a la cama, abría la botella y servía las copas.

–¿Vas a echarme otra vez? –preguntó él, recordando la última vez que habían compartido una botella de champán en su habitación.

—Esta vez no —sonrió Naomi.

Abe retiró la tapa de una fuente de plata y le mostró una variedad de exquisiteces para saciar el apetito y, antes de regresar a la cama, abrió las cortinas.

—Hay luces —murmuró Naomi, todavía excitada por haber hecho el amor. Después pensó que debía haber una fiesta en el parque.

—Es el día de Año Nuevo —le recordó Abe.

—Eso es —sonrió Naomi, escogiendo algo para comer.

En ese momento sonó un mensaje en el teléfono de Abe.

—No vas a mirar el teléfono en nuestra noche de bodas —le advirtió Naomi.

Él no le hizo caso.

Abe había planificado la noche hasta el último detalle.

—Es para nosotros.

—¿Nosotros?

Naomi no estaba acostumbrada a oír esa palabra y frunció el ceño antes de agarrar el teléfono de Abe.

Después, sonrió.

—Es de Merida y Ethan.

Feliz Año Nuevo, señor y señora Devereux, de parte de tu cuñado y cuñada y tu sobrina, todavía despierta.

Y Abe vio que sus ojos se llenaban de lágrimas, al mismo tiempo que entraba otro mensaje.

Feliz Año Nuevo. Papá.

Eso era una familia.

Había fuegos artificiales iluminando el cielo de Nueva York y ella estaba en la cama con su marido, la persona a la que más amaba. No obstante, ahí fuera había otras personas que también les querían.

–Feliz Año Nuevo –dijo Abe, y la besó sobre las lágrimas y en los ojos, abrazándola contra su pecho para que oyera su corazón.

Lo sería.

Bianca

Él era su único buen recuerdo en medio de una vida sombría...

VIDA DE SOMBRAS

Sarah Morgan

Stefan Ziakas era el archienemigo empresarial de su padre, pero también era el único hombre que había hecho que Selene Antaxos se sintiera hermosa. Por eso, y a pesar de sus reticencias, Selene decidió acudir a él en busca de ayuda cuando decidió forjarse una nueva vida.

Pero el implacable millonario no tenía nada que ver con el caballero andante que ella recordaba. En cuestión de días, Selene, seducida, perdida la inocencia y traicionada, se dio cuenta de que había vendido su alma, y su corazón, al diablo.

Acepte 2 de nuestras mejores novelas de amor GRATIS

¡Y reciba un regalo sorpresa!

Oferta especial de tiempo limitado

Rellene el cupón y envíelo a
Harlequin Reader Service®
3010 Walden Ave.
P.O. Box 1867
Buffalo, N.Y. 14240-1867

¡Sí! Por favor, envíenme 2 novelas de amor de Harlequin (1 Bianca® y 1 Deseo®) gratis, más el regalo sorpresa. Luego remítanme 4 novelas nuevas todos los meses, las cuales recibiré mucho antes de que aparezcan en librerías, y factúrenme al bajo precio de $3,24 cada una, más $0,25 por envío e impuesto de ventas, si corresponde*. Este es el precio total, y es un ahorro de casi el 20% sobre el precio de portada. !Una oferta excelente! Entiendo que el hecho de aceptar estos libros y el regalo no me obliga en forma alguna a la compra de libros adicionales. Y también que puedo devolver cualquier envío y cancelar en cualquier momento. Aún si decido no comprar ningún otro libro de Harlequin, los 2 libros gratis y el regalo sorpresa son míos para siempre.

416 LBN DU7N

Nombre y apellido	(Por favor, letra de molde)

Dirección	Apartamento No.

Ciudad	Estado	Zona postal

Esta oferta se limita a un pedido por hogar y no está disponible para los subscriptores actuales de Deseo® y Bianca®.
*Los términos y precios quedan sujetos a cambios sin aviso previo.
Impuestos de ventas aplican en N.Y.

SPN-03

©2003 Harlequin Enterprises Limited

DESEO

Corazón culpable

JANICE MAYNARD

Desde que J.B. Vaughan le rompió el corazón, Mazie Tarleton se había vuelto completamente inmune a los encantos del atractivo empresario. Había conseguido ponerlo en su sitio y era el momento de la revancha, hasta que un instante de ardiente deseo los pilló a ambos por sorpresa. De pronto, los planes de venganza de Mazie se complicaron. ¿Sería capaz de disfrutar de aquella aventura que la vida le brindaba o lo que sentía era ya demasiado fuerte?

LA VENGANZA DEL JEQUE

Tara Pammi

Buscando venganza tras el rechazo de su familia, el jeque gue-
rrero Adir sedujo una noche a la inocente prometida de su hermanastro. Pero, cuando volvió a buscarla cuatro meses después,
descubrió que su ilícito encuentro había dado como resultado
un embarazo.

Aislados en el desierto, el anhelo de estar juntos los consumía,
pero el hijo de Adir debía ser legítimo y, por lo tanto, reclamaría
a Amira como su esposa aunque ella tuviese dudas.

5